NARINJA

Narinja

Jokha Alharthi

Tradução de
Jemima Alves

NARINJAH [BITTER ORANGE TREE]
Copyright © 2016, Jokha Alharthi
Todos os direitos reservados.
© Moinhos, 2024.

Edição Nathan Matos
Assistente Editorial Aline Teixeira
Revisão Joelma Santos e Nathan Matos
Tradução Jemima Alves
Diagramação Luís Otávio Ferreira
Capa Sérgio Ricardo

Dados Internacionais de Catalogação na Publicação (CIP) de acordo com ISBD

A397n Alharthi, Jokha
Narinja / Jokha Alharthi ; traduzido por Jemima Alves. - São Paulo : Editora Moinhos, 2024.
160 p. ; 14cm x 21cm.
ISBN: 978-65-5681-173-4
1. Literatura árabe. 2. Romance. 3. Romance árabe. I. Alves, Jemima. II. Título.
2024-3022
CDD 892.7
CDU 821.411.21

Elaborado por Vagner Rodolfo da Silva - CRB-8/9410

Índice para catálogo sistemático:
1. Literatura árabe 892.7
2. Literatura árabe 821.411.21

Todos os direitos desta edição reservados à Editora Moinhos
www.editoramoinhos.com.br
contato@editoramoinhos.com.br
Facebook.com/EditoraMoinhos
Twitter.com/EditoraMoinhos
Instagram.com/EditoraMoinhos

Ao Cheikh Hakim

9 Dedos
14 O prato do pai
18 Um massar de argolas marrons
23 Civilidade
27 Barro e carvão
31 A viúva se casa
34 Uma festa austera
38 A noiva e o recém-nascido rejeitado
42 A vida é uma pipa
44 Sobrenomes
47 A virgem
52 A cigana
55 As condições para o amor
57 A sala branca
60 O lenhador e o leão
62 Dínamo
65 Viagem / Passeio
69 Felicidade
73 Uma folha de mangueira
77 Nostalgia
80 Azul
81 Empatia
86 Os três macacos
89 Milagres
96 A guerra
100 Argumento suficiente
103 Os óculos
106 Uma chuva amarela da Índia

109 Perfeição

112 Teatro

115 Homem de gelo

119 Talismã

125 Enlouquecendo de alegria

129 O primeiro amor do menino

132 O perdão

135 A curiosidade

137 Escorpião

139 Imran

143 O coração é de cerâmica e água

145 A noite da predestinação

148 O noivo

150 O triângulo

153 Lençóis

156 O cavaleiro

Dedos

Abro meus olhos, num susto, vejo os dedos dela. Um por um, vejo cada um dos dedos. Carnudos, enrugados, as unhas grossas, e um único anel de prata. O dedão terminava com uma unha dura e preta e sinais de um ferimento grave que quase a fez cair. Eu não via a unha estranha como estranha. Ela me pedia para cortá-la, mas o cortador de unhas mais resistente não dava conta, e, todas as vezes, ela balançava a cabeça e dizia: "Khalaas, tenta com uma faca". Havia uma faca bem pequenininha que aparecia de algum lugar, do nada, mas eu não me arriscava. Cortava as outras unhas boas com a tesoura, e deixava para ela a tarefa da unha preta dura no dedão deformado.

Eu estou na cama estreita do meu quarto, no último andar da residência universitária. Desperto e vejo pela janela a neve que cai. Coloco os pés descalços no piso de madeira, com meu pijama comprido. Observo a neve e a escuridão, e vejo de repente a unha preta encurvada. Eu a vejo com clareza e sinto remorso. Volto para minha cama estreita. A voz dos meus colegas chineses na cozinha diminui e a música barulhenta no quarto da minha colega nigeriana também vai abafando. Eu vou caindo em remorso profundo.

Eu poderia ter feito algo pela unha preta em vez de deixá-la crescer daquele jeito, descuidada e retorcida. A palavra "negligência" podia não existir. Mas existia. Existia, crescia e ficava comprida como qualquer unha sadia, confiante, arranhasse ou não. Como a minha própria unha, com o esmalte descascado que usei ontem na festa de aniversário da minha amiga paquistanesa. Sim, a palavra "negligência" ficou comprida, sem que tivesse cortador de unhas, sem nem mesmo esmalte, e, quando eu sufocava dentro do meu pijama comprido, na cama estreita, na noite nevada, sufocava de remorso. Sufocava com a negligência, com o descuido, com o descuido proposital.

Será que algum dia eu perguntei a ela: "O que aconteceu com o seu dedo?", talvez. Se perguntei, não me lembro do que aconteceu. Eu estava juntando as pontas das unhas boas que acabara de cortar para jogar fora. Ela queria que eu as enterrasse no quintal e eu ignorei. Não dei atenção de propósito. Puxou um saco branco com seus remédios debaixo de sua perna longa e me entregou. Não dava para ler quase nada; umas duas ou três linhas à tinta em cada pacote. Comprimidos brancos duas vezes por dia e comprimidos rosa três vezes. Para que eram esses remédios? Não sei. Nunca perguntei. Eu tinha que resolver vinte problemas do livro de Matemática e não ia perguntar sobre os remédios com letras apressadas à tinta nas embalagens.

Esqueço dos dedos, esqueço dos remédios. Numa noite, sem insônia, sem tristeza, sem lembranças, numa noite qualquer eu a verei num sonho.

Sentada, como passou os últimos dez anos de sua vida, o rosto bonito e cheio de rugas, um sorriso sereno e bondoso, e os braços estendidos para mim. Quando estendia os braços na minha direção, sua tarha comprida se desdobrava em dezenas de dobras de cores vívidas. Seu anel de prata brilhava no dedinho sadio, escondendo a unha preta machucada. E eu me lançava no colo dela.

O outono já tinha chegado, as árvores frondosas cercadas pela moradia universitária amarelaram e as folhas caíram. Os funcionários da limpeza varriam as folhagens amarelas dos passeios. As alunas exibiam sua resiliência ao tempo frio ao escolherem vestir minissaias. Eu estava lá, um instante antes, antes do instante em que eu abri os olhos e o outono chegou, eu estava nos braços dela. Eu estava sentido o cheiro de almiscareiro, de oud e de terra antiga. Estávamos invertendo os papéis. Eu estava repetindo as palavras que ela sempre repetia: "Não me deixe". Não, não invertemos os papéis absolutamente, ela estava sorrindo com ternura, e eu não fazia isso quando era ela quem dizia: "Não me deixe".

Eu parti. Ela partiu. E nada disso pode ser mudado. O que a mão do destino escreveu está escrito, "nenhuma de suas lágrimas e súplicas podem apagar uma única linha". Eu parti, sem sorrir. Parti com a superioridade do néscio e do negligente, do indiferente e do apático. O remorso, o remorso insolente, que me fez mais fraca que as folhas amareladas pelo outono, partidas pelas vassouras dos trabalhadores sob a minha janela.

Minha amiga paquistanesa tinha dedos afilados e harmoniosos, e unhas nunca tocadas por esmaltes. O nome dela era Surur, e era sinônimo de felicidade. Os cabelos longos e negros chegavam às costas e tinha um sorriso radiante. Ela estendia os dedos afilados, as unhas aparadas, e passava pelos cabelos, ela era sinônimo de felicidade. Seus dedos nunca sofreram um arranhão. Como se a vida a tivesse guardado no seu mais remoto abrigo, nas alturas. Sem qualquer ferimento ou cicatriz. Eu brincava com ela, dizendo: "Você é feita para o amor, ya Surur", e citava Qays Lubna:

O amor imprime no jovem sinais de magreza até desnudar de suas mãos as falanges

Ela ria.

Surur não gostou da palavra falange, e ela não era feita para o amor, sua irmã era.

No aniversário dela, pintei minhas unhas de vermelho. Surur estava com a cabeça em outro lugar. A irmã apaixonada se casou com seu amado em segredo. Era um casamento temporário e ninguém sabia. Surur, como irmã mais nova, deveria manter o segredo mesmo que descontente, embora fosse um fardo. Surur — que havia sido criada na luxuosa mansão de seu pai em Karachi, e só falava em língua inglesa — estava sendo consumida por esse segredo. Não compreendia como sua irmã passou de uma paquera estúpida ao ultrajante casamento temporário. E com quem? Um homem que só aprendeu a língua inglesa no secundário, em seu vilarejo em algum lugar no interior mais remoto do Paquistão. O pai dele não era um banqueiro distinto como o pai dela, e a mãe era uma camponesa que nunca ouvira falar que existia uma cidade chamada Londres. Kuhl, a irmã dela, aluna do último ano da escola de Medicina, encontrou um cheikh que fizesse um casamento temporário, unindo-a a seu amado. Surur, no seu aniversário de 22 anos, carregava o segredo, arrastando-o dentro de si como um dedo deformado com uma unha preta e torta.

Os cabelos negros e compridos de Surur espalhados sobre meus ombros enquanto ela soluçava: "Imagina, ya Zuhur, imagina, minha irmã, minha própria irmã se casou com um camponês!". Surur era mais bonita que sua irmã, se parecia com a mãe, que cresceu em Londres. Não fosse pelo casamento, teria se tornado uma estrela de teatro. Surur não usava nada no rosto, suas lágrimas eram gotas puras e brilhantes, não se misturavam com o preto do kohl e não se manchavam de pó. Eram gotas grandes brilhantes, adequadas, enquanto minhas lágrimas eram corredeiras sobre meu rosto empoeirado. Ela, com seu dedo da unha preta, secava as corredeiras sobre meu rosto e me passava a bengala: "Vá agora e bata neles". Eu fingia que ia e me escondia no mussala atrás da casa. Isso foi no verão, antes que ficasse inválida, quando ainda caminhava pela tarde, todos os dias, entre nossa casa e os pomares, cortando todos os quarteirões onde brincávamos. Nesse dia, viu uma cena que se repetia havia muito tempo sem que ela soubesse: eu estava jogada no chão, Fattoum me rolava na terra, e seu irmão Ulyian puxava meu cabelo, enquanto as corredeiras de lágrimas cheias de terra não cessavam. Ela se aproximou, aquele esqueleto gigante, alto, corpulento, e, com a bengala em que se apoiava, bateu em Fattoum e Ulyian. Eles correram e ela foi atrás, esconderam-se dentro de casa. Ela ergueu a bengala e bateu com ela na porta de madeira, e por pouco não quebrou. Abu Ulyian abriu a porta e por um milagre escapou da bengala antes que ela acertasse seu olho: "Se você não educar seus filhos, a gente vai educar eles", ela lhe disse. Deu as costas e voltamos para casa sem olhar para mim.

Havia uns restos de bolo sobre a mesa e copos de papel com suco. Surur não ofereceu álcool em sua festa, então poucos colegas apareceram. Ela estudava língua árabe através dos textos clássicos, por isso podia ler Al-Tibri melhor do que o jornal. Leu alguns comentadores do Alcorão e se convenceu de que seu pai estava errado ao oferecer álcool nas suas festas barulhentas na mansão de Karachi e no apartamento de Londres. Achei que deveríamos limpar o espaço, mas Surur não parava de se lamentar da irmã: "Um camponês, a mãe e o pai, dois camponeses iletrados". O namorado de sua irmã não era um camponês, era aluno da escola de Medicina, como a irmã dela.

"Minha vó adoraria ser uma camponesa", eu disse num ímpeto. Me arrependi. "Sua avó", Surur levantou a cabeça. Sim, as palavras já tinham saído e não poderia recolhê-las, eu realmente disse: "Minha avó". Por que as palavras não vêm amarradas numa corda para serem puxadas de volta e assim colocarmos cada uma delas de novo nas nossas entranhas? Não. Não tem corda. O que foi dito está dito e encerrou o assunto.

O prato do pai

Aconteceu de tudo durante a Primeira Guerra Mundial. O movimento de transporte de barcos a vapor no Golfo foi interrompido, as mercadorias diminuíram, o preço da saca de arroz chegou a cem qirches e o preço do saco de tâmaras a trinta qirches, cada qirch valia uma moeda Maria Tereza de prata. O preço da tarha de algodão feminina chegou a custar dois qirches inteiros. Quando os tempos da seca atacaram com suas garras. As falajes, que irrigavam as plantações, secaram. As tamareiras pareciam estar sob maldições. Os vilarejos se esvaziaram com a imigração dos moradores, que partiram para outras regiões em que a fome e a alta de preços davam trégua ou para o leste da África.

Ela e o irmão nasceram logo depois da guerra, em um dos vilarejos afetados por seca e inflação violentas. A mãe morrera de febre poucos anos após seu nascimento. Nessa época, entre as pessoas se ouviam burburinhos incertos de que uma companhia inglesa havia conseguido o direito de explorar o petróleo. Seu pai era um excelente domador de cavalos selvagens, mas sua nova esposa já o domara. Convenceu-o de que o melhor para os dois e para seus filhos era mandar embora os dois irmãos órfãos de mãe. Foi o que fez. O pai bateu no antebraço do filho no momento em que a mão se estendia para pegar a porção do prato compartilhado da família. Os grãos valiosos de arroz escaparam da mão do menino de quinze anos. Sua irmã, dois anos mais nova, estremeceu e parou de comer. "Que vergonha! Você não tem vergonha de se sentar em torno do prato de seu pai e comer dele? Trate de comer da fadiga desse braço. Você não vai ter seu pai para sempre", o pai gritava. Assim partiram o menino e a irmã sob sua responsabilidade da casa do pai.

Ela me contou essa história no dia em que bateu em Fattoum e Ulyian, me livrou de uma vez por todas de rolar na terra e de ter os cabelos arrancados, mas eu não acreditei nela. Imaginei meu pai pegando meu irmão pela mão e me colocando nas mãos dele e nos expulsando de casa. Não é possível. Não é possível que isso tenha acontecido. Mas ela me contou a história muitas vezes depois disso. Todas as vezes, escorria uma lagriminha do olho sadio, não pela expulsão dos dois irmãos órfãos, mas por seu irmão não suportar o sofrimento do trabalho diário na construção de casas de taipa. Morreu em menos de dois anos após serem expulsos de casa.

"Sua avó? Queria ser uma camponesa?", repetiu Surur. Sim, eu não podia recolher as palavras por sua corda e fazê-las voltar. "Queria ter um pedaço de terra, mesmo que pequena, com tamareiras, mesmo que fossem só umas cinco, limoeiros, papaia, banana e narinja. Ela mesma plantaria, regaria e tomaria conta delas. Comeria de seus frutos e descansaria à sua sombra".

Minha amiga se calou, talvez por não entender. Recolhemos os copos e os pratos e limpamos as mesas. A festa acabou. Surur vai dormir e evitar tocar no assunto do casamento de sua irmã. O sonho de minha avó despertará.

Viveu sonhando com um pedacinho de terra para cultivar e viver dos seus frutos até a morte. O sonho nunca se realizou, como nunca se realizou qualquer outro sonho seu, qualquer sonho. Nem mesmo quando embarcou na caminhoneta Bedford para ir de seu vilarejo a Mascate para encontrar o doutor

Thoms, um médico famoso da Missão, que recuperaria o sonho da vista de um dos olhos perdida com ervas da ignorância, quando era criança. Doutor Thoms a fez perder o sonho lhe dizendo que a dor que sentia em seu olho iria cessar sozinha. A infusão de ervas que tinha posto continuamente no seu olho dolorido a fez perder a vista para sempre, e não havia cirurgia que pudesse devolver-lhe a vista. Disse a ela que tinha que se conformar com o olho sadio. Ela se conformou. Embarcou na caminhoneta e voltou para seu vilarejo.

Eu, ainda com a vista embaçada pela opacidade de seus braços abertos para mim, esqueço que ela morreu e começo a procurar por ela. Percorro os corredores entre os quartos, ouço a discussão dos meus colegas chineses e os gemidos da minha colega nigeriana transando com um aluno colombiano, de quem ela começou a gostar nos últimos tempos. Me dou conta de que estou descalça na cozinha fria, a neve ainda não parou, e eu me lembro de que ela está morta, então paro de procurar por ela entre os corredores.

Kuhl tentou convencer sua irmã, Surur, a, vez ou outra, deixar seu quarto, para que tivesse momentos de privacidade com seu marido. Ele morava num apartamento pequeno com mais cinco alunos paquistaneses, e era impossível para ela ir até lá. Ela morava com uma parenta casada num apartamento colado à escola de Medicina. A moradia universitária era muito longe da escola, e, mesmo se tentasse, não seria possível finalizar o processo de mudança para a moradia universitária antes do final do semestre. Os dois já tinham gastado todo o dinheiro com hotéis baratos e *Bed and Breakfast,* e o pai banqueiro era bem austero com as transferências mensais para as filhas. Depois de se opor, Surur acabou concordando e passou a deixar a chave para a irmã e ficar horas na biblioteca da universidade ou estudando no jardim. No final das contas, Surur não suportava a ideia, chegou a me confessar que se sentia imunda, os pais nunca foram avarentos com qualquer coisa, e lá estavam as duas tramando pelas suas costas. Surur me disse que ela não podia parar para pensar no que os dois faziam no seu quarto. Ficava imaginando a mão grosseira dele, de camponês, sobre o pescoço delicado de sua irmã. Os lábios repulsivos percorrendo o corpo bem tratado dela. Disse que esse era uma tortura insuportável.

Um massar de argolas marrons

Caminho pelas ruas antigas carregadas de história com minha mochila nas costas cheia de livros, meus tênis bem amarrados. Caminho pelas ruas, uma completa estrangeira no sentir, nos gestos e no falar. Penso na tortura de Surur, na "imundícia", nas justificativas humanas. No final, todas as pessoas fazem o que querem e encontram suas justificativas. As justificativas nascem com as ações para facilitar o nascimento. Quando me canso de caminhar, sento num café com vista para a rua e tomo um café preto. Paro de me preocupar com Surur, sua irmã ou com as justificativas humanas. Não vejo o café na caneca gigante, eu enxergo uma xicrinha com café marrom segura por dedos enrugados e roliços. Vejo a pouca sombra do muro interno da casa e ela sentada sobre a esteira com as pernas estendidas, bebendo café. Sob a Narinja sombreira, ela bebe o café no seu tempo, sem qualquer fardo ou reflexões, sem desejos e sonhos. As crianças cresceram, seu colo está vazio, a vista do único olho cansada, a mão esvaziada da agulha, da linha e do tecido. As pernas enfraqueceram e já não caminha mais pelas tardes entre nossa casa e os pomares. Estava apenas sentada. Bebendo o café e nada mais. Respondia aos cumprimentos das vizinhas quando passavam e espantava as moscas insistentes. Dizia uma palavra ou outra, bebia seu café, sem atribuições, como se o momento fosse eterno e o passado nunca tivesse existido.

Como se as justificativas de seu pai para expulsá-la de casa com seu irmão não a perturbassem mais. Como se a vida e juventude de seu irmão não tivessem sido soterradas sob as paredes de taipa que ele construía em troca de cinco baissas por parede. Ela se sentava na escassa sombra, bebendo café. O tempo em que ela torrava os grãos marrons, moía no pilão de ferro com as próprias mãos e depois observava o café ferver no bule de cobre se eclipsou, e ela passou a só se arrastar do quarto até a sombra do muro. O bengali levava da cozinha a garrafa térmica produzida em Taiwan e uma xicrinha. Colocava ao lado dela sem olhar para ela, e a deixava, como nós, como todos nós a deixávamos. Corríamos para os amigos, para as tarefas da escola, para os nossos segredinhos, para a televisão, para as corridas de bicicletas, para as intrigas do bairro, e ela permanecia ali, mesmo quando, na sombra do muro, não dizia mais: "Não me deixe". Ela se comportava como se deve e compreendia as justificativas humanas, ou não pensava nelas. Em silêncio, ela bebia seu café.

Saí da cafeteria, coloquei minha mochila no ombro. Começou a nevar outra vez, eu abraço meu casaco de lã. Como nosso corpo consente com tanta facilidade com uma roupa que nunca aprendeu a usar? Quando eu era criança, ela trazia um chale de algodão verde e enrolava no meu pescoço no inverno. Eu não ousava me opor, vestia as roupas leves que ela costurava no verão, e me enrolava com o chale de cheiro forte no inverno. Eu trocava minhas roupas tradicionais para ir à escola e vestia o avental azul. Eu trocava minhas roupas tradicionais para ir a Mascate, vestia saia e camisa. Eu mudava minhas roupas tradicionais para viajar para países frios, vestia casaco e calças compridas. Ela nunca tirou a roupa do vilarejo de onde vinha. Mesmo quando seus pés desistiram de carregá-la e ela passou a se arrastar até a sombra do quintal, nunca reclamou que sua roupa comprida a atrapalhava. Continuou sentada lá como sempre fez: com a tarha colorida de algodão, a roupa preta bordada no peito e que se estendia até os tornozelos, com as mangas finas e coloridas, com a saruel justa nas pernas, bordada em prata fina na bainha. Nunca vestiu uma abaya na vida, ou qualquer outro traje além desse, o qual ela cresceu usando. O guarda-roupa dela abrigava algumas túnicas, saruéis trabalhadas e nada mais. Os pijamas eram roupas velhas do mesmo tecido, e não tinha roupas íntimas. O seu pequeno mandus, tinha alguns vidros de perfume oleoso de cores opacas e uma tornozeleira de prata que ela herdou da mãe. O bauzinho guardava também algumas tigelas de porcelana chinesa e pilhas compactas de tarhas coloridas, todas elas de algodão e estampadas com rosas grandes e vermelhas, ou árvores verdes, ou estrelas amarelas. Todas com uma impressão na barra, escrita em letras grandes palavras em suaíli que ela não podia ler, assim como qualquer outra língua. As mulheres chamavam a tarha colorida africana de *ghadfa* ou *lissu*, mas ela chamava de *massar*.

Quando era criança, na época em que seu irmão mal podia prover comida para os dois, ela já desejava ter um massar colorido e cobrir a cabeça como as demais mulheres. Desejava mais que tudo, antes que aprendesse a desistir dos desejos e seus excessos. Ela foi até o dono da única loja de seu vilarejo. Cumprimentou-o e não disse mais nada, ele se ocupava de algumas caixas empilhadas e potes de samna e mel, então disse em voz alta como se ela não estivesse ouvindo: "O que que Bint Aamir quer aqui?". Ela observou com o olho sadio as pilhas de massar dos sonhos, e disse em voz baixa: "Quero um massar". O dono da loja suspirou: "Mas um massar custa dois qirches e você depende totalmente do seu irmão, que trabalha pra ganhar por dia", e voltou a se ocupar dos tecidos importados da Índia, duryahi e ibrayssam. Minha vó, contudo, não se moveu, ficou ali parada. Não olhou para as sedas indianas, mas para o massar cujo preço, passado vários anos desse episódio, chegou a um quarto de qirch. Naqueles dias, tempos de fome e inflação, o massar custava dois qirches: uma quantia que nunca tinha chegado à sua mão. O dono da loja olhou para ela intrigado. Ela repetiu: "Quero comprar um massar a prazo. Vou fazer carvão e te pago os dois qirches". Disse as duas frases de uma só vez, e, quando as palavras lhe escaparam, não estariam mais aprisionadas em suas entranhas. Seu peito se encheu de ar, o peito de uma menina que acabara de se despedir da infância para se tornar uma mocinha, sem jamais reparar em sua pequena protuberância. Mas o dono da loja reparou. Deu um empurrãozinho em uma das folhas da porta de madeira e a loja que não tinha janelas caiu na escuridão. "Vem aqui pertinho olhar o massar pra você escolher um. Você não é menos que as outras filhas de Adão que têm um massar." Minha vó se aproximou sem acreditar no favor dele. Pegou um massar macio entre suas mãos e o olhar do dono da loja permanecia sobre o seu peito. Ele perdeu o fôlego perto dela. "Vou te mostrar algo mais bonito que o massar". Abriu o izar enrolado na cintura e foi ao encontro dela num movimento repentino. A mocinha era órfã de mãe, pobre, enxotada de sob as asas do pai, mas ainda era filha dele. Filha de um cavaleiro cuja coragem as mulheres louvavam em suas cantigas. Por um momento, ela saltou de susto, não entendeu direito o que via. Ela se deu conta de que ele queria dela algo desonroso. Havia ali uma barganha. Gabou-se do pai, que a mandou embora: "Eu sou Bint Aamir". Gritou repetidas vezes, jogou o massar na cara dele e fugiu da loja.

   Depois de dois dias, a irmã do dono da loja veio até ela com um massar estampado com argolas marrons entrelaçadas. Entrou no cômodo decadente, prestes a desmoronar, que abrigava a menina e o irmão, abriu o massar na frente dela: "Bonito?". Ela engoliu em seco e a irmã do dono da loja continuou: "Fique com o massar. Mas você tem que pagar os dois qirches antes do Eid". Era sua primeira alegria na vida, desde a morte da mãe. Prometeu pagar a dívida antes do Eid. Quando se despediu dela e encontrou o massar entre suas mãos, colocou-o sobre a esteira e passou os dedos sobre as argolas marrons uma a uma. Preferia um massar estampado com rosas vermelhas, mas o mais importante era que agora tinha um massar novo e macio, mesmo que de argolas marrons. Estava andando nas nuvens, chorou rios de alegria e dormiu abraçada ao massar.

Desde esse dia, passou a acompanhar as mulheres mussakhamat, que se ocupavam da produção e venda do carvão, garantindo tâmaras e água. Saía com elas até as margens do deserto para juntarem troncos durante o dia. Quando o sol estava se pondo, ateavam fogo na madeira e enterravam na areia. Sentavam em volta do buraco, esperando que o tição se transformasse em carvão. As mussakhamat comiam suas tâmaras e passavam a noite esperando. De madrugada, o tição já tinha se transformado em sukham, as mulheres então removiam a areia e juntavam o sukham preto. Dividiam em partes para cada uma delas e amarravam o feixe nas costas, para voltarem a suas casas antes do nascer do sol. No souq, o fardo de carvão era vendido por meio qirch. Minha vó deveria sair por uma semana inteira, todos os dias, até que juntasse um fardo que pudesse vender. Seu rosto ficou preto de pó de carvão, as roupas puídas de tanto carregar madeiras, mas ela conseguiu juntar os dois qirches de prata antes do Eid para pagar o massar.

Saiu com as mussakhamat para ajudá-las e para se despedir disse que voltaria de vez em quando para fazer carvão. Tinha que ajudar o irmão nem que fosse um pouco. Foi obrigada a ficar esta noite com elas, Umayra entrou em trabalho de parto e as mulheres se ocuparam dela, deixando o buraco com o tição. Ela teve que vigiá-lo até que se transformasse em sukham, para então juntá-lo. Umayra deu à luz antes da madrugada um menino de cabelos crespos. Enrolou-o num trapo, ajeitou-o sobre a porção dela de sukham e se despediu das mulheres. Antes de o sol nascer, estavam ela, sukham e seu menino de volta ao vilarejo.

Civilidade

Acordo na minha cama, no breu. Não ouço nada, eu estava ali, neste espaço de chão de terra do quintal dos fundos. Eu corria. Esse espaço parecia pecaminoso. Eu estava perseguindo este sentimento, eu corria sozinha. Ela não estava no meu sonho, eu sonhei com um lugar, com uma transgressão infantil. Ela não estava lá. Para onde fugiu do meu sonho? Por que não voltou estendendo seus braços, sorrindo todas suas rugas, exalando civete de seu seio? Talvez tenha escapado do meu sonho só um pouquinho, mas o suficiente para levar nossa vizinha Cheykha Maluca de volta para casa depois de sair sem saruel. O suficiente para pegar meu irmãozinho Sufiyan por baixo das axilas, jogá-lo pra cima e agarrá-lo de volta, cantando: *Misk wi-zbbaad wi-uud wi-hall, tammayt sanatayn la adhan wa-la akhal... musk e civete, oud e óleo, passou dois anos sem tintura e sem kohl.* Talvez tenha deixado meus sonhos para reverenciar o túmulo do Profeta, o qual sonhou visitar mas nunca pôde. Ou talvez para delinear o olho sadio, embora a vista já enfraquecida, com kohl. Não sei dizer, ela deixou meus sonhos e não voltou. Nunca mais gritei de pijama: "Não me deixe". Nunca mais sorriu com graça e me enterrou em seu abraço. Ela foi quem partiu, me abandonou, me deixou nesse ciclo interminável de neve, outono, verão e primavera, sem vir aqui uma única vez, nenhuma vez. Será que não me perdoou? Será que se cansou de compreender as justificativas humanas? Será que finalmente decidiu nos deixar com nossas ocupações e puxar de volta suas palavras "Não me deixe" para o lugar onde ela enunciou? Será que ela possuía a mágica linha fina que puxa de volta as palavras pelos calcanhares e as devolve para as entranhas? Talvez tenha juntado todas as palavras de "Não me deixe" e "Não me deixem", pegado de volta e guardado com ela. Talvez tenha desistido de perdoar os pecados do mundo.

Eu estava no escuro, na cama transitória no país estrangeiro. Minha alma queimando por sua incapacidade humana de retroceder um único momento. Eu só pedia por um momento e era impossível. Olharia para trás uma só vez, retrocederia um só passo, e não partiria. O cabelo da minha vó sempre tão bem-cuidado ao longo da vida com óleos, penteados e trançado, nunca fora cortado, ficou desgrenhado sobre o rosto e ombros, branco quanto a verdade. Estava fraca, a carne de seu esqueleto gigante derreteu, as unhas descuidadas não se encaixavam mais em dedos roliços. Seus olhos agora pouco discerniam as sombras humanas e a boca comia com dificuldade. Estava entrando no quarto da minha vó e prendi a respiração por conta do cheiro de urina, eu a cumprimentava quase gritando e de modo apressado. Ela berrava: "Zuhur, Zuhur, quero arroz". Eu dizia a ela que tinha trazido arroz, mas ela não conseguia mastigar. Eu fugia do odor, dos grãos de arroz em volta de sua boca, de sua unha preta, que juntava sujeira por debaixo. Eu fugia e ela gritava: "Zuhuuuur, não me deixe, fique comigo um pouquinho, só um pouquinho, Zuhur. Eu quero uma companhia, não me deixe". Eu ia. Não, este momento único não volta. Não adianta implorar por isso. Eu ia embora, "Zuhuuuur... Zuhuuuuur". Eu era Zuhur, mas eu não era uma flor de pessoa. Nunca olhei para trás, ela continuava berrando por um mês inteiro: "Não me deixem, fiquem comigo". Não ficamos, nem eu, nem meu irmão Sufiyan, nem minha irmã Sumayya. Fugimos daquele cabelo branco desgrenhado e de seu cheiro. Fugimos de sua falta de civilidade, do bom senso de que algumas coisas não se pedem.

Caminhei pela cidade e fui para as salas de estudo. Comi um sanduíche frio na cafeteria e tomei um chá na cozinha da residência universitária com Surur, mas trazia sobre meus olhos uma venda. Eu não podia enxergar. Não sei por que não enxergava, e o que não enxergava. Eu sentia uma venda sobre os olhos, sentia que não via algo, que não entendia.

Surur havia enfrentado sua irmã: "Até quando dura o contrato deste casamento temporário? Um mês? Dois? Minha paciência já se esgotou". "Nosso contrato é de seis meses, mas vamos torná-lo vitalício, fomos feitos um para o outro", respondeu sua irmã, cheia de confiança.

"Ela disse que foram feitos um para o outro, Zuhur", Surur veio me contar. "Ninguém foi feito para ninguém, quem dirá um roceiro ignorante de classe baixa criado para uma princesa branca e refinada. Mas ela quer tornar o casamento vitalício. Meu pai vai morrer de tristeza se souber disso." Sim, Surur era bonita, mas não fora feita para o amor, não amará nunca. A venda sobre seus olhos era grossa, e ela não enxergava.

Vestiu o massar de argolas marrons, amarrou com um nó os dois qirches na ponta e se dirigiu até a loja. Estava fechada. Uns meninos que por ali jogavam com bola de pano feita por eles mesmos contaram a ela que o dono da loja estava em casa à beira da morte. Foi até a casa dele e a irmã do comerciante a levou até o quarto, tão escuro quanto a loja. Os cheiros de azeite de oliva, pimenta-do-reino e cravo com que fora untado era sufocante. Viu a esposa sentada aos pés dele com os olhos vermelhos. Ele arquejava como se implorasse por ar. Ao lado da cabeceira estava o mutawwib: "Diga: astaghfirullah min zanubi kulaha. Deus perdoe os meus pecados, os triviais e os consideráveis, os aparentes e os ocultos, os grandes e os pequenos, os conhecidos e os desconhecidos". O dono da loja não abriu a boca. Arquejou e fez sinal para o copo de água na mão da esposa. Minha vó se aproximou, parou diante da cama do moribundo e falou com a voz bem alta, como se ele não pudesse ouvir: "Eu sou Bint Aamir, vim pagar minha dívida pelo massar que comprei fiado". Parou de arquejar e olhou na direção dela, ela desfez o nó na ponta do massar e lhe entregou dois qirches. Ele estendeu a mão languida, pegou o dinheiro com os dedos tremendo e arquejou de novo. O mutawwib disse a ele: "Perdoe a dívida dela, devolva à Bint Aamir os dois qirches". O dono da loja segurou os dois qirches com firmeza e os meteu debaixo do travesseiro. Minha vó saiu, deixando para trás o quarto e a casa dele. O massar agora era realmente dela, ela agora era livre.

Barro e carvão

Eu estava com Surur na biblioteca, ajudando com a leitura de um manuscrito em língua árabe. Ela me contava sobre o desejo de melhorar o seu urdu também, sua segunda língua, como era esperado da pequena classe burguesa paquistanesa. Ela tentava se concentrar no manuscrito, mas na verdade não conseguia parar de pensar em sua irmã, Kuhl. Será que esta era realmente sua irmã? Quase já não reconhecia Kuhl. Tinha as emoções intensas e o pensamento sempre em outro lugar. Andava com a cabeça na lua, numa eterna espera, passando pela vida e não vivendo. Ela dizia à Surur que sua alma estava suspensa nas dobras entre cada um dos botões da camisa de seu amado. A alma dela estava se perdendo ali, nas dobras da camisa de um homem. Isso era paixão, isso tudo era paixão, algo que Surur não podia aceitar. Como a alma de uma criatura poderia estar sujeita às incertezas de um destino guardado entre dobras e botões da camisa de um homem? Ela não compreendia esta história da camisa, como pode as ordinárias rugas que se formam nas camisas de toda a gente quando se sentam — os vincos da camisa de uma pessoa específica — serem a armadilha da alma?

Ela parou de ler e, sem mais nem menos, disse: "Mas você nunca me disse que tinha uma vó". "Todo mundo tem avós", eu respondi. Ela riu, era inocente. "Tá certo, todo mundo tem avós, mas sua família é rica, não é mesmo?... Por que então sua avó desejava ser uma camponesa? Talvez fosse como a esposa de Muatamid Bin Abbad, que via as camponesas da sacada de seu palácio e desejava caminhar de pés descalços no barro como elas. O marido dela, o príncipe, teve que cobrir o pátio do castelo com perfumes, açafrão, almíscar e cânfora, e ordenar que encharcassem com água até que ficasse úmido como o barro. A esposa, na companhia das filhas e das vizinhas, podia então mergulhar os pés no barro perfumado exatamente como as camponesas faziam no barro de verdade." O telefone dela tocou, ela mergulhou numa conversa com a irmã e eu saí da biblioteca.

Engraçada essa história. Eu não tinha a intenção de arranhar a inocência de Surur. Ela me parecia uma porcelana, e minha vó, uma montanha. O irmão morreu e ela ficou sozinha em ruínas, com apenas uma chaleira, duas xícaras de café, um prato, uma panela, dois cobertores, umas roupas em farrapos e o massar novo estampado com argolas marrons. Soube por suas vizinhas que um certo homem pediu sua mão em casamento, mas seu pai recusou. Ela voltou a trabalhar com as mulheres do carvão. Muatamid Bin Abbad dizia:

Elas caminham no barro com os pés descalços como se não pisassem em almíscar e cânfora.

Quanto à minha avó e suas amiguinhas carvoeiras, só conheciam almíscar e cânfora de nome.

Um dia, já a caminho de casa, ela desmaiou antes que chegasse ao vilarejo, espalhando todo o carvão que carregava nas costas. As mulheres juntaram o carvão dela, mas o trabalho duro mesmo foi despertá-la. O sol já tinha saído, e os maridos e filhos não acharam quem lhes assasse o pão. As mulheres arrastaram minha vó meio acordada, até que chegaram ao cômodo onde vivia. Cochicharam, dizendo que ela seguiria o mesmo destino do irmão, mas viveu oitenta anos.

Naquela tarde desse dia, Salman e a esposa, Althurayya, vieram para visitá-la. Ele era um parente de sua mãe e já tinha sugerido que ela se mudasse, para viver na casa dele depois da morte de seu irmão, mas ela se recusou. Passaram-se dois anos, sua saúde se debilitou, e desta vez ele veio com a esposa para buscar Bint Aamir. Ajudou-a a carregar a chaleira, as duas xícaras, a panela, o prato e os dois cobertores. Ela vestiu o massar novo, a tornozeleira de prata e partiu com eles.

Minha vó nunca teve a posse de um pedacinho de terra, nunca foi agricultora. Viveu oitenta anos ou mais e morreu antes que possuísse qualquer coisa na face dessa terra. Tudo o que colocava à mão verdejava. Plantou todos os pés de limão e naranja do quintal de nossa casa. A naranja era a mais amada por ela. Nenhuma das árvores que ela plantou murchou ou ficou sem seu cuidado, mas era a nossa casa, o nosso quintal, as nossas árvores. Ela só morava conosco. Não era dona da casa, das árvores, nem mesmo de nós, porque não éramos seus netos de verdade.

Ela se encostava na Naranja, com as pernas estendidas, ninando meu irmão bebê: *"Ya huba huba huba, ya huba wana uhibbuh, wahibb illi yuhibbuh, wa-asr ana mrawwahat buh an al-ghashshun tihib-bu, willi yibba habibi yibiia ummuh wabuuh, wiybiia khiyaar maluh min il-mabsali wakhuuh"*.[1]

Ya huba huba huba até meu irmão adormecer. Ela lhe fazia uma caminha sob a sombra da Naranja e acariciava os cabelos dele.

---

[1] *Amo tanto esse nenê e também quem o amar
De tardinha, nos meus braços, o nenê vou abrigar
Quem quiser meu amorzinho
Pai e mãe e tudo mais, na banca vai colocar
Quem quiser meu amorzinho
A safra da tamareira, na banca vai colocar*

Ali, ela ia pilar o limão seco, tirar os gomos escurecidos para cozinhá-los como um caldo, fervia a casca para fazer uma infusão, que acalmaria as crises de náuseas da minha mãe durante as suas gestações recorrentes. Na serenidade do entardecer, a velha Cheykha, nossa vizinha — antes que a senilidade tomasse conta dela —, se sentava com ela para beber café, comer tâmaras e pôr a conversa em dia. Sobre o que será que conversavam? Cheykha, sem dúvida, não falaria de outra coisa que não fosse seu filho, que eu nunca vi na vida. Conheci Cheykha e ela já era muito velha. O filho, adulto, já tinha emigrado. Minha vó, eu não me lembro sobre o que ela falava. Sobre o choro do meu irmão Sufiyan ainda bebê e sua recusa ao leite industrializado? Sobre os novos frutos da Narinja? Sobre a corcunda abominável da mulher chamada Rayya? Ou sobre o único homem que lhe pediu em casamento e foi recusado pelo pai?

A viúva se casa

Quando Salman ainda era adolescente, a vida ficou difícil no seu vilarejo e ele partiu para Zanzibar. Lá, fez um empréstimo e comprou uma pequena fazenda, onde plantou banana, manga, coco, cravo e comercializava a colheita. Não se passaram muitos anos até que tivesse conseguido juntar qirches suficientes, não só para pagar o empréstimo mas também para voltar para o Omã, adquirir uma casa e se casar. Preferiu ficar em Zanzibar entre as camas de suas escravas, sua fazenda e seus negócios, até que uma catástrofe sobreveio à sua família e o obrigou a retornar para o Omã e cuidar de sua mãe e irmãs. Estava beirando os trinta anos quando ficou noivo de sua prima Althurayya. A moça, aos dezesseis anos, acabara de ficar viúva do segundo marido.

Althurayya era uma criança de quase cinco anos quando o primo Salman emigrou para Zanzibar. Ele retornou e ela não se lembrava mais dele, embora o nome fosse familiar na casa de seu pai. Enviuvou pela segunda vez, e uma fama de mau agouro se espalhara a respeito dela. Quem se casasse com ela tinha destino certo. Althurayya jamais esperava que se casaria pela terceira vez. O primeiro marido, de quase setenta anos, ficara noivo dela quando ainda tinha nove anos, e a penetrou aos onze anos de idade. De tranças, Althurayya continuou a sair para brincar com as outras meninas na rua. Juntavam gavetos, linhas e restos de tecidos para fazer bonecas. Desenhavam linhas e quadrados no chão para pular amarelinha. A sogra era forçada a ir atrás dela antes do pôr do sol, esconder as bonecas de madeira e dar-lhe um banho, para que de noite fosse transformada numa mulher. Ela tinha medo do marido. Não compreendia por que ele fazia o que fazia com ela toda noite nem por que não podia brincar com as amigas na frente dele. Assim que adoeceu e morreu, ficou muito feliz. Não havia mais razão para a sogra esconder as bonecas de madeira e ficar brigando por conta da sujeira de terra nas suas roupas. A alegria, no entanto, estava com as horas contadas. Logo a sogra trocou as roupas coloridas da menina e a vestiu com roupa branca de luto. Cobriu as longas tranças com uma tarha preta, bem como todos os espelhos da casa. Disse que Althurayya deveria permanecer vestida assim sem sair de casa por quatro meses e dez dias. Ela começou um escândalo e se jogou no chão, as carpideiras vendo a cena não contiveram o elogio: "Machallah, tão novinha e já sabe das obrigações. Sabe que tem que lamentar por seu homem". Em dois anos estava noiva de outro homem. Não era um velho, mas um grosseirão destemperado. Caçador de presas obstinado, partia sem companhia em expedições mundo afora. Althurayya tinha dezesseis anos nessa época, grávida de seu primeiro filho, quando vieram uns beduínos com seu marido estraçalhado pelos lobos no deserto. Ela tornou a vestir o branco do luto pela segunda vez e deu à luz um natimorto.

Quando Salman viu Althurayya, foi atraído pelo olhar da moça. O olhar de experiência e conhecimento de todas as coisas, que não revela qualquer interesse pelo mundo. Olhar de tristeza e de indiferença ao mesmo tempo. Olhar que entontecia de autossuficiência e superioridade. Olhar infantil de quem é mãe. A mãe que cuja boneca fora escondida e o filho enterrado. Foi atraído pelo nariz dela, que ele descreveu à sua mãe como uma espada, na tentativa de convencê-la de seu noivado com Althurayya. Pelos lábios de amêndoa, pelas mãos compridas sem pecado, como a mão de uma criança que nunca tocou o trabalho pesado. Como se elas nunca tivessem acariciado a pele envelhecida de seu marido, ou segurado a carne retalhada que restou de seu marido caçador, ou carregado o filho morto e o levado até o túmulo. Como se as mãos dela tivessem sido criadas só para as mãos dele, para abraçar seus dedos e acariciar os seus cabelos. Mão da qual comeria a vida inteira e não se fartaria. Mão que o seguraria e cobriria, guiaria, protegeria. A mão de Althurayya. A mão de sua prima Althurayya. E daí que era viúva, e daí que perdera um filho, não desejava outra senão ela.

No casamento, Althurayya sentiu vergonha de si mesma. Sentia que não era adequada para o casamento. Como se sentisse que crescera muito e que Salman, dez anos mais velho que ela, fosse muito jovem. Estava envergonhada e preocupada, mas descobriu, desde os primeiros dias do casamento, que Salman estava louco por ela. Conheceu o amor de um homem pela primeira vez na vida, e teve certeza de que o filho que tivesse dele viveria. Foi o que aconteceu.

Passados dez meses, Althurayya deu à luz uma linda menina forte e saudável. Salman chamou-a Hassina. Tinha o coração de todos nas mãos. Viveu alegremente, até que lhe foram escritas linhas novas no livro da vida.

Uma festa austera

Cristina nos convidou para uma festa na sua casa. Uma festa lamentável. Ela era vegetariana obstinada, não permitia a entrada nem mesmo de produtos de origem animal, como leite e ovos em sua casa. Uma das principais razões de não ter outra coisa para comer na festa, além de batata chips e um bolo esquisito sem ovos e leite. Alguns convidados, todos alunos, se empoleiravam, em bancos de metal altos sem encostos, na cozinha abarrotada, conversando sobre suas opções de cursos e professores. A grande maioria estava no corredor ou na sala, repetindo as mesmas conversas. "Vamos morrer de tédio antes de morrer de fome", eu disse a Surur. Não havia nada para ver no apartamento sem graça da Cristina, como se o lugar refletisse a personalidade da dona. Ela não sossegava, vestida com aquela camiseta verde escrita DEFENSORES DA NATUREZA, calça jeans e tênis de caminhada. Ela era extremamente alta, as pessoas precisavam olhar para cima sempre que falavam com ela. As mãos inquietas, os dedos, se erguendo sozinhos para tocar o piercing de prata no nariz, deixavam aparecer a tatuagem de cruz feita quando ela tinha dezesseis anos. Tinha os cabelos bem loiros amarrados em um rabo de cavalo. Se não estivesse vestindo a camiseta verde, estaria com uma outra azul exatamente igual. Para mim, o copo de café sem cafeína com leite de soja, longo e fino, que andava sempre com ela, funcionava como um retrato. Para mim não tinha diferença nenhuma da Cristina na festa, como se eu a visse na universidade: camiseta, calça jeans, tênis de caminhada, cabelo atado num rabo de cavalo, piercing no nariz, tatuagem e copo comprido e fino. Na verdade, tinha uma diferença, não estava carregando a mochila cinza da Adidas nas costas.

Meus colegas árabes se ocupavam com dedicação das garrafas de uísque que haviam trazido. Kuhl se isolou no quarto com seu telefone, o único do apartamento que Cristina partilhava com a colega chinesa. No corredor estreito, Surur segurava um copo de suco entre os dedos finos, as unhas bem-feitas, compenetrada em uma discussão com um norueguês e outro coreano sobre o uso do hijab. Um tanto impaciente, Surur não parecia querer ficar ali por muito tempo. Corri para o quarto, onde, e para minha sorte, Kuhl estava terminando a ligação.

Ela secava os olhos com um lenço de papel. Fiquei constrangida, mas ela me ofereceu um lugar na cama ao lado dela. "Surur já te contou tudo, não foi?" Ela rompeu o silêncio. Hesitei por um instante, e Kuhl emendou: "Surur não entende nada, ela acha que entende, mas na verdade não entende nada".

Eu não sabia o que dizer, fixei o olhar na parede e passeei entre elas. Não havia nada para ver, exceto a foto do pai da Cristina, professor de Matemática na Universidade de Columbia, e um mapa de Nova York. "Cristina é de Nova York", eu disse, a voz meio seca.

"É o que ela diz", Kuhl respondeu.

Algo no tom de voz dela me fez sentir que ela era realmente mais velha que Surur, mais madura talvez. Os olhos dela estavam próximos de mim, despretensiosos, apesar de se revelarem resolutos. Começou a arranhar a almofada com as unhas pintadas de rosa. Sem dúvida era mais encorpada que Surur e tinha feições menos delicadas. De repente, me veio à cabeça a ideia de que a família delas tivesse sempre se concentrado nessa diferença de beleza entre as duas, dando à Kuhl a impressão, mesmo que sem intenção, de que ela não merecia o melhor. Era um pensamento perigoso, voltei o olhar para as paredes, nada nesse quarto dava sinais da presença da menina chinesa.

"Eu tenho muita estima pelo meu pai, acredite, e respeito o nome da minha família, respeito... Surur não entende, ela acha que estou traindo minha família com meu casamento com Imran, só que ela não entende..."

"Não precisa se desculpar, Kuhl", eu a interrompi.

"Estou me desculpando?", disse surpresa. "Sim, você tem razão, estou me desculpando o tempo todo. Surur..."

"A paixão por alguém é a maior das justificativas", eu a interrompi, as lágrimas já brilhavam nos olhos dela.

"Imran não é só apropriado para mim, ele me completa. Eu era uma pessoa incompleta antes de encontrá-lo. A pureza e a força do nosso amor não podem ser descritas com palavras."

Disse e chorou inesperadamente, o corpo começou a estremecer, e eu coloquei minha mão no ombro dela: "Não chore, Kuhl, esta é sua escolha e você é capaz de fazer escolhas".

"Eu não escolhi nada", respondeu com a voz entrecortada. "Não escolhi nada disso, Surur não entende. Não quero ser injusta com ninguém, nem diminuir as chances de Surur de conseguir um bom marido, de uma família distinta, mas, mas Imran..."

Secou as lágrimas com o lenço de papel, o rosto se iluminou, e disse com confiança: "Com o Imran, quando acordo de madrugada e não estou nos braços dele, minha existência perde todo o sentido".

Cristina irrompeu no quarto arqueando as sobrancelhas finas. "Vocês estão assaltando meu guarda-roupas?", perguntou com voz mansa.

"O que se pode encontrar ali além de mais camisetas verdes e azuis dos defensores da natureza?" Kuhl disse, rindo.

Cristina riu com sua risada estrondosa, e eu fiquei sem entender como um corpo tão esguio como esse era capaz de rir com tanta potência. Já estava tarde, pedimos licença para partirmos.

Nos meses seguintes, me encontrei muitas vezes com Kuhl. Quando não estava ocupada com os estudos ou com Imran, saíamos para longos passeios pelos jardins públicos. Ela falava sem parar, como se tivesse naquele instante descoberto a língua. Eu adorava ouvi-la falar com aquele sotaque britânico das classes abastadas, que adquirira nas escolas inglesas durante a infância, e as inspirações inesperadas entre as frases. Kuhl havia criado para mim um mundo de palavras, e queria me introduzir nesse mundo. Por um momento pensei que pudesse ser parte dele. Na verdade, eu não era parte de nada.

A noiva e o recém-nascido rejeitado

Minha avó acompanhou seu parente Salman e sua esposa, Althurayya, até a casa dele e permaneceu lá por quarenta anos. Quando o irmão morreu e ele chamou Bint Aamir para viver sob sua proteção, já tinha ouvido sobre a situação complicada da família. A colheita de tâmaras era sua principal fonte de subsistência, e o sultão Said Bin Taymur, em Mascate, aumentara os impostos sobre as tâmaras exportadas do porto de Sur quatro vezes mais. Bint Aamir decidiu ficar no seu canto e não aceitou a oferta do parente, até acabar com a saúde transformando gravetos em carvão e se espalharem entre as pessoas os rumores da notícia garantindo que os ingleses haviam interferido em favor da diminuição dos impostos sobre as tâmaras, temendo uma revolta contra a liderança do sultão.

Hassina, filha única de Salman e Althurayya, já tinha dez anos. Trazia o brilho nos olhos de quem ignora o futuro desconhecido, o corpo avançava com urgência para revelar o que ainda trazia escondido. Não demonstrou qualquer simpatia pela nova hóspede da casa, Bint Aamir, tampouco lhe deu atenção, dedicando-se inteiramente aos serviços diários. Poucos anos depois, a menina virou uma noiva e deixou a casa.

Minha vó observava a noiva Hassina, abarrotando suas bolsas com roupas de seda, potes de porcelana chinesa, tornozeleiras trabalhadas, pendentes de prata, brincos de ouro e um baú de bukhur. Viu-a partindo com seu noivo sem completar quinze anos para Algeciras, em seguida para Burundi, de onde chegaram duas ou três correspondências para os pais, e nunca mais se teve notícias dela. Tranquilizava os pais contando sobre onde residiam no momento, a compra de uma fazenda, realizada pelo marido, e da gravidez dos gêmeos. Depois, silêncio. Não se ouviu nada sobre Hassina até meados dos anos 1980, quando seus netos voltaram ao Omã para pedir a nacionalidade omani a troco de nada.

Os anos passaram pela casa de Salman com gentileza, os laços de confiança entre sua esposa, Althurayya, e sua hóspede Bint Aamir se estreitaram enquanto ele se ocupava com sua loja e fazenda. Parecia para eles que nada mais aconteceria no mundo, até que os caminhos se estreitaram novamente com os efeitos da Segunda Guerra Mundial. A vida em Zanzibar havia ensinado a Salman que não há outro caminho para subsistência a não ser se arriscando. Decidiu viajar a Mumbai para fazer negócios, e retornou apenas com uma quantia razoável. Durante sua estada, conheceu Suleiman Al-Baruni, conselheiro do sultão para questões religiosas, que, mesmo debilitado pela doença que o mataria, não se negou a dar instruções a Salman sobre os livros árabes impressos na Índia, o mais caro dos despojos de sua jornada. Despojos que transformariam a vida da esposa, Althurayya, para sempre.

Salman se deleitava com as horas passadas na loja, imerso na leitura do livro *al-Azhar al-riyadiyya fi a'imma wa-muluk al-ibadiyya,* que Al-Baruni o havia presenteado com sua assinatura. Althurayya, que aprendera a ler com livrinhos infantis, aderiu ao novo hábito do marido e se dedicou aos livros impressos em Calcutá e Hyderabad, a ponto de quase decorar *As histórias dos profetas* e *Livro da biografia dos companheiros do Profeta*. A vida dos profetas e dos piedosos fizeram Althurayya estremecer, abalando o contentamento com sua agradável vida terrena.

Contou à Bint Aamir a história de um dos companheiros do Profeta, que teve a perna amputada enquanto orava e não sentiu. Chorou e se entristeceu porque nunca alcançaria esse nível de obediência tão alto. Uma chama misteriosa acendeu-se dentro dela, demovendo Althurayya do curso de seus interesses mundanos, que lhe pareciam agora tão mesquinhos. Pelos trinta anos de idade, mergulhou em diferentes esforços, desejando alcançar a fonte de luz.

Sem que esperasse, Althurayya, à beira dos quarenta anos, cujo marido, com cinquenta, se preparava para fazer o Hajj — como sinal de coroação por sua vida, seu sucesso no trabalho e prosperidade —, acordou, certa manhã, para descobrir que estava grávida. Uma avó cujos netos se espalhavam em qualquer fazenda de Burundi, Althurayya sentiu vergonha e frustração. Salman por outro lado celebrou a gravidez da esposa e viu que seu mundo continuava a expandir. Adiou o plano de fazer o Hajj para os próximos anos e se preparou com alegria para receber o recém-nascido.

Althurayya teve um parto bastante difícil. Salman estava quase arrebentando a porta da parteira para que o acompanhasse, depois da meia-noite, para salvar a esposa e o bebê. Foram dois dias até que o recém-nascido saísse para o mundo puxado pelos pés.

A parteira aproximou o bebê do rosto suado de Althurayya. A mãe o achou o extremo da feiura. Virou o rosto e se recusou a abrir os braços para o menino. Nunca o carregaria no colo nem o amamentaria. "Althurayya rejeitou o filho", as vizinhas diriam.

O marido comprava uma cabra após a outra, espremiam as tetas finas em conchas grandes, que terminavam com um bico estreito, e prendiam na boca do menino, mas não era o suficiente, ele continuava chorando dia e noite.

Minha vó, mais nova que Althurayya uns dez anos, presumiu que sua amiga sofria da loucura que acomete algumas mulheres, por causa dos horrores do parto, e pegou o menino para ela.

O burburinho que corria entre as mulheres era de que Bint Aamir — que nunca tinha se casado nem dado à luz — estava com os seios jorrando leite para alimentar o filho de Althurayya. Era tanto leite, que ela tinha que verter na terra quando o menino já estava satisfeito. Salman não precisou mais comprar cabras leiteiras para o filho desde que Bint Aamir o acolheu, e ele nunca saiu de seu colo. Minha vó nunca disse nada. Em seus braços o bebê floresceu, não havia mais crises de febre nem de choro. Salman dera o nome de Salih ao menino, mas minha vó decidira que aquele nome era muito pesado para uma criança. Seu signo não se alinhava a esse nome, deveriam mudá-lo. Salman deu a ela o poder de decisão sobre a coisa, impressionado com o abandono do menino nos seus braços, então ela o chamou de Mansour.

Oito meses depois, Althurayya se curou. Minha vó riu quando contamos a ela que minha avó verdadeira não estava louca, mas sofria de depressão pós-parto. Nunca vimos Althurayya na vida, morrera mal completara cinquenta anos, de luto pelo marido, que morrera pouco menos de um ano antes. Minha vó riu da palavra depressão e nos contou de novo a história da loucura de Althurayya e da rejeição ao filho.

Mesmo depois de curada e de aceitar o seu filho Mansour, Althurayya não tentou reverter a situação. Meu pai cresceu achando que tinha duas mães e um pai, exatamente como crescemos, mais tarde, acreditando que tínhamos duas mães: minha mãe, sempre submersa no seu mar de desolação e desespero pelos repetidos abortos, e minha vó, mergulhada nos detalhes de nossa vida e educação.

A vida é uma pipa

Kuhl e sua irmã, Surur, foram criadas com abundância de dinheiro e uma vida restritiva. Não era permitido usar qualquer tipo de sapatos que não fossem Clarks de salto baixo, ou qualquer Punjabi que não fosse cortado pelo alfaiate da família, cujo pai fora alfaiate da avó delas. Quando ela e Surur decidiram vestir o hijab, a mãe evitou o assunto, com vergonha dos parentes que viajavam a Londres especialmente para pintar e cortar os cabelos. Kuhl estudou na escola inglesa de Karachi; depois de se formar, o pai mandou a filha para a Inglaterra para estudar Medicina, sem ao menos consultar a opinião dela. Kuhl cresceu num ambiente em que as escolhas de vida mais superficiais estavam tomadas; da mesma forma, seu corpo, que só vestia o que era apropriado, seria tomado por alguém apropriado para ele. Nunca lhe passou pela mente que o próprio corpo desejaria ser tomado, e não lhe ocorreu, em absoluto, que pediria para ser tomado especialmente por "alguém que não fosse apropriado".
Viu Imran pela primeira vez na cafeteria da mesquita. Ele estava concentrado no prato de biryani, comendo com a mão. Kuhl ficou ali observando Imran lamber os dedos depois de terminar e, para sua surpresa, não sentiu nojo ou incômodo, mas sim um leve tremor nas pernas. Levou um tempo para ela compreender que havia gostado dele na hora.

Sua vida era como uma pipa. Kuhl levantava a cabeça e só lhe restava observá-la sendo levada pela brisa para tão, tão distante. No começo, achava que a linha estava nas suas mãos, a linha fina que controlaria o voo, mas a pipa de papel no seu desatino estava bem longe de ser controlada por Kuhl e sua linha frágil. Ela voava longe, tão alto, batendo nos postes de luz, pendurada nas antenas, rasgada por arames farpados, então retornava ao chão, rolando na terra.

Ela se perguntava por que as pessoas a sua volta pareciam segurar a linha da pipa de suas vidas. Segurando ou agarrando? Agarrando ou achando que seguravam? Por que é dado a cada ser humano a linha de sua pipa, embora o controle das pessoas sobre a pipa varie conforme sua força? Controlar a linha da pipa de papel de sua vida feriu Kuhl o suficiente para que ela a soltasse de vez.

Surur, por sua vez, esvaziou-se dos sentimentos "impuros" e do peso de carregar o fardo do amor secreto de sua irmã. Kuhl agora havia decidido encarar o pai e apresentar a questão, para validar o casamento oficial e publicamente e de maneira vitalícia. Surur não seria pressionada a abrir mão de seu quarto para o casal e passar esse tempo imaginando o que o casal estaria fazendo na sua cama estreita e inocente.

Sobrenomes

Salih, que se tornou Mansour, e mais tarde meu pai, nasceu pouco depois da Segunda Guerra Mundial. Uma nova onda de inflação havia inundado o país e levado grupos de emigrantes aos confins da terra, em busca de escasso sustento. Das posses de seu pai, Salman, só restaram a loja e o pomar. O filho desprezado pela mãe não desistira de chorar e gritar até ser acolhido no colo de Bint Aamir, protegido sob suas asas, e receber dela um novo nome. Ela continuou costurando todas as suas dichdachas com as próprias mãos, até que cresceu, ficou moço, se casou. Dividia sua porção de arroz no almoço e pão no jantar para que ele tivesse mais. Mesmo depois de a abundância retornar à família, e Salman não trancar mais o baú de ferro, onde mantinha as sacas de arroz e farinha, as latas de açúcar, café e chá, guardando a chave no bolso. Ele quem abria o baú para Bint Aamir, pouco antes do almoço e do jantar, e pesava o arroz e a farinha que ela cozeria e faria pão para as refeições.

Salman a chamava de Bint Aamir, assim como sua esposa, Althurayya, e as vizinhas. Mansour a chamava de *Maah*, e nós, seus filhos, também. Bint Aamir passaria muitos anos de sua longa vida na casa de Salman, fossem tempos de fartura ou de escassez, não deixava de servir à família, na cozinha e no restante da casa. Como se no fundo da sua consciência essa fosse a única maneira de retribuir a hospitalidade dessa casa. Não esquecia por um minuto que essa não era sua casa. Não perdia de vista por um momento — apesar de na realidade ser responsável pelas coisas da casa e pela educação das crianças — que era uma hóspede e não se cansava de fazer dessa hospitalidade digna de serviço e não de favor.

Será que Mansour trouxe alegria à sua vida? Ele se arrastava atrás dela todas as madrugadas, enquanto ela equilibrava a jahla de barro na cabeça e caminhava até Chariia. Caminhava até essa fonte de água no começo da falaj, para encher sua jahla de água. Mansour sempre mergulhava os pés na falaj para fazer redemoinhos no canal de água. Depois, se esforçaria para alcançar os passos largos de Bint Aamir e sua figura gigante. O orvalho da madrugada grudava nas tranças que ela fazia no menino todos os dias até os seus doze anos e nunca fora tocado pela inveja de ninguém. Então o pai o pegou pela mão e lhe disse enquanto tosava os cabelos do filho: "Você virou homem, Mansour. Daqui poucos anos, vamos juntos fazer o Hajj".

Mansour não ligou por ter o cabelo cortado, nem sonhava em fazer o Hajj. Nunca chegou a ir com o pai, Salman morreu alguns anos depois, como um estrangeiro, em Mumbai. Foi enterrado lá. Havia viajado para tratar uma pressão que sentia no peito.

O menino saiu de cabeça raspada pelo bairro, para completar suas exibições na frente de seus amigos. Era especialista em caçar escorpiões, depois descobria os braços e fazia para eles um caminho para os bichos. A meninada aplaudia e assoviava. Mansour nunca fora ferroado por um escorpião. Corria entre os amigos que sua mãe, Bint Aamir, mergulhou um escorpião no leite de seu peito quando o amamentava e, desde esse dia, jamais um escorpião o feriu, outros diziam que ela havia cortado o braço dele, fazendo uma ferida enorme e espalhado sobre ela um pó de escorpião. Foi assim que fizeram as pazes Mansour e o escorpião.

Althurayya se dedicou à religião, ocupou-se de decorar o Alcorão, e era diligente em se levantar à noite para as orações. Bint Aamir se levantava cedo para cuidar das coisas da casa. Mansour, não tinha nem dois anos, já urinava vez ou outra no chão de terra fofo do quintal. Althurayya lamentava pela sujeira de seu lugar favorito para a oração do fajr e encontros matinais com as vizinhas. Restava à Bint Aamir trazer a enxada e arrancar a terra suja, fazendo um buraquinho no lugar e o preenchendo com terra limpa. Pegava Mansour e o levava até a falaj para lhe dar banho. Puxava a orelha do menino e lhe lembrava que era preciso que ele a chamasse quando quisesse fazer xixi, para ela o levar ao banheiro. Na verdade, não havia um banheiro, o que tinha era uma construção de barro estreita na extremidade da casa. Nesse cômodo, havia uma fenda retangular para receber as necessidades e uma bacia de metal para se lavar. Bint Aamir com frequência enchia a bacia na falaj que passava ao sul do quintal, antes que ela completasse seu curso pela casa dos vizinhos até finalmente se derramar nos pomares de palmeiras. Todo esse percurso era conduzido por sistema preciso influenciado pelo movimento do sol, como determinado pelo horário da sombra formada no meio do pomar.

    A cada poucos meses, o *Chamis* viria para esvaziar o sistema de drenagem formado a partir de um buraco grande sob a fenda retangular no banheiro em troca de um qirch. As pessoas já tinham se habituado a chamá-lo de Chamis Biraz — porque ele limpava os excrementos das casas. Mansour só o chamou assim uma única vez. A mãe Althurayya ouvira o menino e esfregou uma pimenta-malagueta na língua dele, para aprender a ter bons modos e chamar as pessoas pelo nome.

A virgem

Estava escuro e eu inundada por uma onda espectral entre o sono e a vigília, até que os gritos da nigeriana me acordaram.

Era um ritual recorrente que constrangia alguns alunos, mas a maioria não dava importância. O pior que aconteceu a ela foi um aluno, ameaçado de expulsão da universidade caso não passasse nos exames finais, arrombar sua porta, ir para cima dela e do comanheiro de quarto e amarrar a boca da menina com a camisa de um deles. Ele recuperou o controle da fala para dizer que precisava se concentrar nos estudos e que ela não estava nas selvas de seu país. Disseram que ela apresentou uma queixa oficial, acusando-o de racismo, mas houve também quem disse que ficou quieta em troca do conserto de sua porta arrombada.

Não consegui voltar para minha onda espectral. A face da minha vó enchia toda a escuridão, que a iluminava com sua luz pálida. Esta boca. Será que algum dia fora jovem? Eu só a vira velha e nunca lhe fora tirada uma foto antes que as rugas tomassem conta dela. As rugas. As rugas já tinham tomado toda sua boca, marcas das dores de uma vida. As rugas tocaram sua boca antes que o dedo de um homem ou seus lábios passeassem sobre sua pele macia. Seus lábios secaram antes de serem acariciados pelos lábios do amante ou do marido. O rosto jovem desfaleceu sem que um moço admirasse a juventude nos olhos sadios, a esperteza, firmeza e encanto. Nunca dedos cheios de desejo passearam sobre sua sobrancelha antes que ficasse branca. Nunca um homem, nenhum homem, jamais estendeu a mão para pegar uma mecha de seu cabelo, erguê--la e sentir seu perfume. O corpo erguia-se com a elegância da palmeira ou como uma égua esbelta, mas secou como uma árvore velha sem que qualquer criatura o contemplasse, exceto os médicos, que descobriam seu antebraço enrugado para aplicar injeção, e as lavadeiras dos mortos, que despiram seu corpo octogenário. O corpo virgem de minha vó.

Foram muitas vezes que, sobre essas pernas compridas, dormíamos eu e meus irmãos, e nos pendurávamos. Quanto da sujeira de nossa primeira infância essas pernas tiveram que suportar antes que nos levassem para treinar no banheiro assim como treinou, antes de nós, o meu pai. Pernas por detrás das quais sempre nos escondíamos do chicote do meu pai, dos gritos de minha mãe. Dávamos voltas em torno delas para escapar de uma chicotada ou de uma reprimenda, que muitas vezes sem querer acertava as pernas em vez de nós. Pernas que não conheceram outro amor a não ser este, que nunca se entregaram a ninguém, exceto às crianças. Nunca desejadas por um homem e nunca foram de ninguém, exceto nossa.

Este seio sobre o qual adormecíamos até crescermos amamentou nosso pai realmente? Talvez tivesse começado a florescer desde que o dono da loja reparou neles, nos anos vinte do século passado, e floriu para abrigar a meu pai e a nós. Depois caiu e secou sem que um homem se satisfizesse em sua pureza e morasse no calor de seus suspiros.

Mais uma vez fui tomada de uma perturbação que me assomou quando as lavadeiras, em volta dela, rasgaram sua roupa: "Não rasguem, cubram o que ela passou a vida inteira cobrindo". Fui assomada pela perturbação e elas me conduziram até um lugar, para que eu visse a cena de longe. Para que eu visse o corpo da minha avó sob a piedade de mãos estranhas. Nunca, em toda sua longa vida, qualquer mão se estendeu para tocá-la. Uma mulher colocou a mão no meu ombro e disse: "Calma, ya Zuhur, vamos cobri-la com os lençóis".

Mais tarde minha irmã Sumayya me disse que eu estava imaginando coisas. Ninguém rasgou as roupas dela, senão por detrás das cortinas de lençóis, e fomos nós quem a lavamos com algumas ajudantes. Somente nós. Os netos dela que não eram seus netos de verdade. Nós, de sangue estranho, nós a lavamos. "Você, Zuhur, você gritava com todo mundo, por isso te levaram para longe". Minha irmã, ela que estava imaginando coisas. Eu vi todos eles rasgando o massar que cobria os cabelos dela, e suas ondas brancas revoando por toda parte. Cabelos que nunca lavamos nem umectávamos, salvo raras exceções, quando já não conseguia mais lavá-los e penteá-los sozinha. Elas perfumaram seus cabelos, minha vozinha. Perfumaram, ya Mah, com oud, almíscar e cânfora. Perfumaram como você nunca sonhou que fizéssemos nos seus últimos anos nesta terra traiçoeira. Perfumaram suas ondas brancas, que não encontraram abrigo à sombra de um esposo. O filho e seu filho se abrigaram sob ele.

O corpo morto em nada se parecia com ela. Parecia-se comigo.

Quando estenderam o seu cadáver na sala da nossa casa, eu vi a mim mesma.

Eu me arrastei, me distanciando dela, de mim, do meu corpo morto estendido para que seus entes queridos lamentassem sua morte.

Não havia entes queridos além de nós. Mansour, a esposa e os filhos, apenas.

As outras pessoas que vieram, vieram por nós, por cortesia e para nos agradar.

As vizinhas vieram em silêncio. Vieram para nos tranquilizar de que estávamos cumprindo com o nosso dever de suportar a fraqueza da velhice e suas enfermidades nos últimos anos. Disseram à minha mãe: "Você fez tudo o que podia". E disseram para mim e minha irmã: "Vocês fizeram tudo o que podiam", e ao meu pai: "Você fez tudo o que podia". Como se ela não fosse a mãe dele, como se ela não fosse a mãe de seus filhos. Como se ela tivesse sido por toda sua vida aquela velha que se arrastava e gritava: "Não vão, não me deixem".

Se Cheykha, nossa vizinha, estivesse viva, teria chorado. Ela amava minha avó. Acho até que, talvez, mesmo na sua demência, pressentisse que era a única criatura apegada a ela, poucos anos antes de perder o juízo. Cheykha vinha todas as manhãs para tomar café com minha vó, não segurava uma peça de roupa para cerzir ou kumma para bordar, como faziam as outras vizinhas. Tinha sempre as mãos vazias, preparadas para ajudar minha vó a colher as tâmaras maduras, tirar sementes de tâmaras e irrigar a plantação, descascar alho e limão seco. Cheykha não falava sobre outra coisa, só sobre o filho, o anjo sequestrado por um jinn maligno que o levou para o estrangeiro, para o país dos incrédulos, onde não se lavam das impurezas, nem perguntam pela própria mãe.

Depois, todos nós envelhecemos, eu, meus irmãos, minha vó e nossa vizinha Cheykha. Eu estudava no meu quarto, a janela aberta, e, assim que via minha vó correr de repente de sob a sombra da Narinja, apressada em direção ao portão, eu sabia que Cheykha vinha outra vez sem saruel. Minha vó a levaria de volta para casa e lhe vestiria uma roupa.

Passada uma hora, ela voltaria para a sombra da Narinja, sem fôlego, e eu pensaria que ela já é uma setuagenária e permanece a pessoa mais determinada que conheço. Eu sempre encontraria nossa vizinha Cheykha, no caminho de volta da escola, perambulando pelas estradas, descalça, com uma xícara de café cheia de arroz amassado na mão. Ela me gritava: "Zuhur, Zuhur, você viu o Hammid? Eu o procurei a manhã inteira. Saiu para brincar e não voltou. Não almoçou, tadinho. Eu amassei um pouco de arroz pra ele. Se você vir ele, fala pra ele voltar, porque o almoço tá esfriando". Eu balançava a cabeça me afastando, minhas colegas riam. Cheykha continuava perambulando pelas estradas em busca do filho que tinha emigrado havia mais de quarenta anos, para alimentá-lo com o arroz amassado na xícara de café. Só minha avó conseguia levá-la de volta para casa, cobrir o arroz com um prato, mostrar a ela os chinelos para que ela não saísse de novo sem eles no sol.

Não testemunhamos sua morte. Não soube se o corpo dela se parecia ou não com ela. Eram férias de verão, estávamos nos Emirados. Havíamos sido recompensadas pelo bom desempenho escolar com uma visita ao parque de diversões Hili Fun City. Voltamos, felizes com animais de plástico, bolas coloridas, diários com coraçõezinhos rosa e um cadeado dourado, e nos deparamos com a porta de nossa vizinha Cheykha trancada. Minha vó nos contou que ela ficou desaparecida o dia inteiro. No pôr do sol, entrou na casa dela, encontrou Cheykha estendida toda vestida, com os chinelos nos pés. Em volta dela havia várias xícaras de café com arroz triturado. Cheirava à fermentação. Ela estava morta.

Passados menos de dez anos, fechamos a porta da minha vó com cadeado de ferro. Ela tinha morrido. Em silêncio. Deixou este mundo como viveu nele. Sem casa, sem terra, sem um amor para lhe acolher. Sem um irmão para lhe amparar. Sem filhos saídos de suas entranhas.

A cigana

Mas o corpo dela não foi o primeiro que eu vi.
O corpo da cigana foi o primeiro.

As memórias, às vezes, chegam como um cheiro leve de flores pútridas.

As tendas dos ciganos ficavam nas cercanias do vilarejo. Joias de prata imensas enfeitavam o nariz da cigana com pendentes de crescentes e estrelas pequenas. A mão estendida insistia: "Sahha bibiyya, sahha bibiyya". "Senhora, umas tâmaras, por favor." Eu era muito pequena e estava balançando nas pernas da minha vó. "Zuttia!", minha mãe murmurou. "Uma cigana imunda". "Imunda?", eu disse. Minha vó me beliscou, e eu me calei. Um cheiro de flores velhas que se dissipa, memórias distantes, as pernas da minha avó para cima e para baixo e minha mãe lavando o prato em que a cigana comeu a tâmara sete vezes, e a última com terra. Sim, minha mãe contou cada uma das vezes, enquanto eu balançava uma vez a cada número. Eu me balancei sete vezes, minha vó se cansou e minha mãe parou de polir o prato.

A mão da cigana estava cortada. Ela tinha uma tatuagem verde no queixo. Eu era muito pequena e não me recordo se foi a vó ou a mãe que me deu um tabefe quando eu disse que queria um colar com contas coloridas como o da cigana.

A mulher saiu da nossa casa pisando os pedregulhos com os pés descalços. Sumayya me deu uma olhadela e saímos no rastro da cigana. Seguimos a mulher por todos os becos sem que nos visse. Tentávamos não pisar nas pegadas deixadas pelos pés dela porque Sumayya disse que a palavra "imunda" significava que não deveríamos tocar em nada tocado por ela, nem mesmo a terra. Esperamos por detrás dos portões das casas em que ela entrava. Saía de lá ou com tâmaras nas mãos ou com as roupas mais sujas de terra. Demorou um bocado na casa do viúvo Hamid, e quase nos esquecemos dela, ocupadas com o pega-pega no bairro. Finalmente ela saiu ajeitando o chale e olhando para a moeda brilhando na mão. O tlim-tlim das luas crescentes e estrelas colidindo umas nas outras me hipnotizavam. As contas do colar brilhavam nos meus olhos, mas fiquei com medo de dizer para Sumayya que queria um igual e ela me desse um tabefe também. As crianças nos chamaram e Sumayya se juntou ao bando do nosso bairro. Arregaçou as mangas e me mandou voltar para casa porque Ulyian e Fattoum estavam no outro grupo e iriam me bater. Sumayya disse que não poderia me defender, pois tinha de enfrentar pessoas mais perigosas que Ulyian e Fattoum, então voltei para casa.

Alguns dias depois, ou depois de algumas horas, não me recordo — quando se é criança não se percebe os limites do tempo. Era o entardecer, isso está claro na minha mente, e não o cheiro de flores mortas fugidio, o puro entardecer, forte e claro, como as contas coloridas. No maghreb, quando os homens se reúnem para orar na mesquita, e as mulheres se ocupam do jantar em casa, as crianças descobriram o corpo.

O maghreb, puro, na minha memória e o corpo. A cigana com a tatuagem verde e brincos de prata com os olhos arregalados e o sangue escorrendo do peito. As crianças se sentaram e misturavam o sangue com a terra para fazer bolhinhas, mas eu não me movia, olhando o colar de contas coloridas, rompido, solto perto do pescoço da cigana. Não ousei pegá-lo. Não sei quando as pessoas vieram até essa passagem escondida e mandaram as crianças embora. Será que foram punidos pelas bolinhas de terra e sangue? Será que ficaram bravos por elas se preocuparem em brincar e não terem contado para um adulto na hora? Não sei, não me lembro. As memórias aqui são um cheiro fugidio, o maghreb puro chega até este limite.

As condições para o amor

Todas as vezes que encontrei Kuhl, ela repetia para os meus ouvidos que falaria com franqueza com a família e tornaria o casamento vitalício e público. Meses se passaram e ela não havia dado um só passo nessa direção. Estava com muito medo do confronto.

Numa certa tarde, já no final do outono, estávamos observando as folhas das árvores caírem, como duas testemunhas silenciosas do paraíso perdido. Surur, com sua figura delicada, ereta, se sentava entre nós, Kuhl e eu, encostadas no banco. Quando os nossos olhos se encontraram, vi a fragilidade dos estratagemas humanos. Todos os percalços que se pensa ultrapassar na jornada da vida, e todas as dificuldades que se interpõem. Eu vi o desespero. Vi a pipa de papel de Kuhl se enrolar nas dezenas de postes de seu caminho em direção ao céu para finalmente se partir. "Se pelo menos o amor da minha família não fosse uma condição", disse quase de modo inaudível, com as palavras soando mais como um soluço.

"O amor deles não é uma condição para nós", Surur respondeu prontamente.

Kuhl se calou por um momento, e então continuou: "Se o amor deles não fosse condicional à minha jornada determinada pelas escolhas deles..."

Surur estava incomodada com a conversa, sua feição se perturbou. Ela então sugeriu de repente que fôssemos comprar café no quiosque da esquina, que mal podia abrigar o animado vendedor e seu equipamento barista. Colocamos o café entre as palmas das mãos: quentinho, delicioso e acolhedor. Kuhl se distraía com a bebida mesmo que de forma momentânea.

Vi a pipa de papel que Sumayya e eu fizemos para Sufiyan, na época um menino. Passamos horas com minha vó estruturando-a com o bambu que ela havia pegado nos pomares da vila. Eu vi a rabiola da pipa brilhante e comprida ofuscante sob o sol frio de outono iluminar os olhos de Kuhl, enrolada nos dedos delicados de Surur sobre o copo de café. Será que o amor da minha vó era condicional? O amor dela existia na simplicidade como existe o ar para eu respirar. Oferecido como o sol oferece sua luz para que eu enxergue o caminho. Era um amor digno de merecimento, mas nunca me rendeu qualquer dívida. Minha vó nunca me fez sentir — ou a meu pai, ou a meu irmão e a minha irmã — que nós lhe devíamos alguma coisa. Era como se a merecêssemos como merecemos viver.

A sala branca

Sentei-me em uma poltrona de couro espaçosa. Ele se sentou de frente para mim, não exatamente de frente. Estava um pouco na diagonal num canto, de forma intencional. Sobre a mesa à minha frente, uma caixa de lenços de papel, caso eu me acabasse em lágrimas, e um reloginho de madeira, caso eu submergisse na minha própria fala. As gotas de chuva escorrendo pela grande extensão da vidraça, as paredes brancas. Ele quase não falava. Eu falava, falava, falava e falava. Passada uma hora, ele lançou um olhar inocente para o reloginho perto de mim. Eu entendi o recado, e me levantei agradecendo.

Minha amiga Cristina quem me sugeriu de ir até ele. Eu havia lhe dito que estava triste e ela me disse que, na cultura dela, para todo problema tinha remédio, mesmo para a tristeza. Foi o que aconteceu. Procurei, mesmo que indiligente, pelo remédio. Marquei uma sessão e me encontrei com ele algumas vezes, nessa sala branca, em todas elas as gotas de chuva escorriam pela vidraça.

Não contei sobre minha vó. Não disse uma só palavra sobre o "Não me deixem", que ficou ressoando na última noite no fundo do meu crânio, para me lembrar de onde eu vim. Eu não contei que ignorava a razão de sua unha do dedão ser deformada e preta. Não perguntei sobre a fragilidade da linha da pipa de papel da vida e sobre a corda grossa, apesar de invisível, que divide a compreensão da empatia.

Sobre o que falamos na sala branca quando tratamos a tristeza? Talvez um pouquinho sobre meu pai e minha mãe, sobre Imran e Kuhl, sobre meus estudos, sobre as armadilhas da língua? Não me lembro mais. Será que naquele tempo eu tinha consciência das armadilhas da língua? Não me lembro. Será que eu disse a ele alguma coisa sobre a sensação de incapacidade por causa da língua? Acho que não. Se fiz, ele não notou a armadilha. Não me viu incapacitada, embora eu estivesse atada na cadeira de rodas: a incapacidade da língua em me compreender. Não, não conversamos em absoluto sobre qualquer armadilha. Ele queria saber honestamente a razão da minha tristeza, e eu, como ele, também queria saber.

Tínhamos sessões todas as sextas. Não sei quando se considerou que as sextas deveriam se encerrar, mas eu mesma interrompi os encontros depois de três ou quatro sessões. Disse a mim mesma que a tristeza não era uma doença, afinal. Talvez investigar sua razão no meu íntimo não me parecia ter sentido. Nos banheiros femininos sempre tinha adesivos que incentivavam a ligar para um número gratuito para receber orientações: "Se você não encontrar com quem conversar, estamos aqui para te ouvir". Alguns explicavam em pontos específicos os sintomas da depressão, outros especificamente sobre orientações sexuais e gravidez indesejada. A palavra depressão me causava medo, minha mãe nunca havia se curado dela totalmente. Eu sentia muito medo de acabar como minha mãe. Cristina sempre me lembrava do que disse Oscar Wilde: "Toda mulher se assemelha à sua mãe. Esse é seu drama. Todo homem não parece seu pai, e esse é seu drama". Foi a primeira coisa que disse ao terapeuta na sala branca cujas vidraças estavam sempre banhadas de chuva: "Eu não sou deprimida".

Eu estava numa emboscada. Achava que, certo dia, um ratinho roeria a rede que me cobria e me libertaria. Qualquer ratinho, ou um poder sobrenatural. A rede ficava mais apertada e eu esperava que a roessem. Quem a roeria para me libertar? Eu não sabia que eu era o ratinho. Quando descobri, meus dentes já tinham caído todos.

O lenhador e o leão

Acordei, num susto, no meio da noite. Eu estava dormindo de lado e me ocorreu a ideia da minha morte. Fui assomada por um sentimento de aniquilação imperiosa, de que nós somos apenas átomos que voltariam ao pó neste Universo, ao que eram anteriormente. O Universo continuaria se expandindo por seus milhares de anos. Tive um sentimento profundo de aceitação da ideia da minha morte. Estive a ponto de sorrir, tão profunda foi a aceitação de sua inexorabilidade. Não senti qualquer ansiedade, tampouco curiosidade, apesar de o 'como' e o 'quando' passarem por um momento pela minha cabeça. Eu estava extremamente convicta e tranquila. Respirei profundamente, como se tivesse me reconciliado com algo. Voltei a dormir.

Disse a minha vó, enquanto ela penteava meu cabelo e o umectava com óleo de coco sob a sombra da Naninja: "Por que seu pai botou você pra fora quando você ainda era criança?"

Ela fez duas tranças e então me virou de frente para ela: "Ya Zuhur, quando Deus tira uma coisa de seu servo, lhe recompensa com outra".

"Mas, se meu pai me botar pra fora, nada vai me recompensar."
  Ela acariciou minha cabeça e me acalmou: "Mansour nunca faria isso".

Eu dormi em seu colo enquanto ela me contava uma história: "Diz que um certo lenhador era muito maltratado pela esposa, mas ele tinha muita paciência com ela. Ele ia juntar lenha do deserto e, sempre que terminava seu trabalho, um leão vinha até ele. O leão se inclinava, oferecendo suas costas, e o lenhador colocava sua lenha nas costas do leão, que carregava todo o peso até chegar à casa dele. Passado um tempo, a mulher do lenhador morreu e ele descansou do sofrimento que ela lhe impunha. Quando saiu para juntar lenha novamente, o leão não apareceu. Então, o homem começou a procurar pelo leão, até que um anjo disse a ele: 'Estávamos te compensando com o leão por você suportar com paciência o sofrimento que sua esposa te causava. Mas agora que ela está morta, o leão desapareceu'".

Quando minha vó morreu, morreu também a Narinja. Secava dia após dia, até que mirrou de vez. Nossas regas eram em vão, meu pai trocou então sua terra, comprou fertilizante novo, pediu ajuda ao trabalhador bengali e a seus amigos que trabalhavam na plantação. Depositaram toda sua experiência nela, mas ela não reagiu a qualquer tentativa. A Narinja já tinha tomado sua decisão e, antes que o túmulo da minha vó secasse, desistiu de beber água e respirar. Começou a exalar um cheiro pútrido, o cheiro do adeus.

Por que a história veio às avessas? Por que quando minha vó morreu o leão desapareceu, mesmo minha vó sendo boa? Será que minha vó sabia que a Narinja que plantara com as próprias mãos era o leão que iria embora quando ela partisse? Mas essa é a história às avessas, acumularam-se as perdas, sem qualquer recompensa. Não há recompensas, minha vozinha.

Dínamo

Em uma das sextas-feiras, na sala branca, as gotas de chuva na vidraça. Era a segunda ou terceira vez? Eu me lembro apenas que, nessa sexta-feira, Kuhl me apresentara seu marido, Imran.

Nessa sexta, eu contei ao terapeuta sobre Sumayya, minha irmã. Contei-lhe seu apelido na família 'Dínamo' — porque, depois de sair da barriga da minha mãe, nunca mais parou de se mexer. Na nossa infância, se ela não estivesse pulando corda, ou perseguindo os gatos, ou caçando lagartos, ou fazendo armadilhas para os passarinhos, ou escorregando no morrinho atrás de casa, ou escalando as paredes, ou a Narinja, ou as tamareiras novas, ela estaria batendo papo e rindo na mais alta voz.

Sumayya era mais velha que eu, e, quando se mudou para a escola preparatória, meu pai percebeu que ela era madura o suficiente para ser presenteada com um walkman com fones de ouvido grandes da Sony. Quando fomos para os Emirados naquele verão, ela comprou com todo o dinheiro que tinha fitas cassetes da Samira Said e Amr Diab.

O terapeuta arqueou suas sobrancelhas loiras e eu disse: "Não se preocupe, são cantores árabes. Você não sabe quem são. Eram a obsessão de Sumayya. Ela ouvia as músicas dia e noite, dançando no quartinho dela".

"Mas e como era o relacionamento de vocês duas?", ele perguntou com sua voz bem treinada para fazer soar compreensivo.

Eu ri inesperadamente: "Eu e Sumayya? Deixa eu te explicar uma coisa. Sumayya primeiro, depois um aborto, depois eu, depois dois abortos, depois Sufiyan, e finalmente o último aborto. Três anos de diferença entre mim e Sumayya e seis ou sete anos entre mim e Sufiyan. Não dá para ignorar seis anos, já eu e Sumayya, não fazia tanta diferença esses três anos que nos separavam. Às vezes, a gente brigava, mas estávamos sempre rindo. Eu ia para a escola primária de tarde e ela para a escola preparatória de manhã. Eu voltava, de tardezinha, encontrava Sumayya me esperando no banco de casa, contávamos uma para a outra tudo o que acontecera na escola naquele dia. Eu não conseguia acompanhar seu ritmo de pular, escalar e escorregar, e muito menos dançar depois disso, mas eu acompanhava sua habilidade para criar apelidos engraçados para os professores. A professora de Ciências que sempre estava com um vestido verde era o 'Sapo Kermit' do programa *Vila Sésamo*; a professora de Matemática, imensa, era 'Mandus', porque se parecia com o baú de madeira; e a professora de Desenho magricela era o 'Piu-piu'. A gente vez ou outra mudava os apelidos das pessoas…"

Pela primeira vez, ele me interrompeu: "Você fala sobre ela no tempo passado, o que aconteceu com ela?"

"Parou, o Dínamo parou", eu sorri para ele.

Na realidade, não falei que Sumayya parou, eu quis falar, mas caí na armadilha da língua. A outra língua. Talvez eu tenha dito algo do tipo "apagou", ou "acabou a bateria", mas o que ressoava dentro de mim era: "Parou. Sumayya, o Dínamo, parou".

Eu quis correr para a chuva, me juntar a Kuhl e Imran naquela cafeteriazinha Três Macacos, que mais tarde se tornou nosso café favorito. Quis contar a eles que Sumayya, o Dínamo, parou, que minha vó morreu e nunca teve um campo, nem mesmo uma única árvore.

Viagem / Passeio

Quando o marido de Sumayya disse a ela que, no dia seguinte, iriam passear em Misfat Al-Abriyyn, ele não a consultou nem a comunicou nada, disse isso apenas para que ela entendesse que deveria se preparar.

Desde as primeiras semanas de casamento, Sumayya percebeu que nunca poderia dialogar com o marido, pois ele era autocentrado. Nada que acontecesse no mundo para além dele era digno de que ele visse ou escutasse ou pensasse a respeito. Qualquer coisa fora do seu ego ele considerava periférico, distante do foco de seus interesses. Bem cedo, Sumayya se deu conta de que ela era uma periferia distante.

Na manhã seguinte, Sumayya preparou os sanduíches e a térmica de chá com leite. Vestiu uma camisa azul até os joelhos e uma calça jeans. Antes que enrolasse sua cheela na cabeça, seu marido segurou seu rosto entre as mãos com força. Sumayya não se queixou e ele riu: "Minha lindinha. Minha bonequinha linda". Esperou até que ele soltasse seu rosto para terminar de se arrumar e se sentou no carro para esperar o marido.

Era uma daquelas manhãs frescas de final de fevereiro. O marido estava de bom humor. Ele murmurou algumas canções antigas de Salim Al-Sury durante o caminho e conversou sobre suas lembranças de quando era estudante na Austrália. Descreveu com certo orgulho o corpo das meninas que corriam atrás dele.

Era uma manhã fresca, apesar de o dia já ir avançando. Sumayya fechou os olhos, tentando imaginar que o que ouvia era o canto melódico dos pássaros.

Ele sacudiu o ombro dela, ela abriu os olhos. "Não durma, vai me deixar aqui sozinho? Não casei e sacrifiquei minha liberdade para ficar com uma estátua muda."

O canto dos pássaros desapareceu. Sumayya fixou o olhar nas suas unhas. Curtas. Cortadas na forma arredondada.

Ele parou o carro, escolheu uma árvore e encostou nela, esperando que Sumayya estendesse a esteira e servisse o chá. Ele se sentou de frente para ela e começou a comer. Nenhuma folha da árvore se movia, a intensidade do meio-dia desabou inesperada e a luz raiou. As ovelhas baliram, anunciando o rebanho que seguia atrás da pastora. Com um assovio peculiar, mantinha o rebanho unido.

Sumayya sorriu para a pastora, mas ela não reparou. Seu marido sabia que quando ela sorria era por razões externas a ele, periféricas do pivô de seu ego. Uma pastora estúpida havia feito ela sorrir. Largou o sanduíche e começou a beber o chá.

A pastora reparou nos dois. Ela vestia uma dichdacha azul velha e chinelos carcomidos, mas deixou ver seus dentes branquinhos ao sorrir para Sumayya, que acenou de volta. O marido jogou o copo de chá no tronco da árvore.

Sumayya se sentou mais para trás. O marido tinha as veias das têmporas latejando. "Você esqueceu que eu gosto do chá forte? Esse chá não tem gosto nenhum. Ou será que você não entende nada?"

Os primeiros dias do casamento, eles passaram na Tailândia. Um mês de lua de mel. No quarto de hotel, ele jogou uma papaia no vidro da varanda enquanto as veias de suas têmporas saltavam, mas em momento algum levantou a voz. A noiva, recém-casada, ficou chocada. Ao tentar conversar com ele a respeito do ocorrido, ele tampou a boca de Sumayya para calá-la.

Antes de voltarem da Tailândia, ele já tinha quebrado um vaso de flores, dois pratos, um copo e o mindinho da mão direita de Sumayya.

Ele continuou se aproximando dela, sem dizer nada. Ela foi se afastando, até que suas costas encontraram o tronco da árvore e os cacos de vidro do copo feriram sua mão. Ela tinha consciência de que, sempre que ele quebrava as coisas e as veias azuis de seu rosto se dilatavam, era sinal de que uma só palavra faria dela o próximo objeto a ser quebrado. O fato de acontecer com recorrência não arrefecia o pavor, ela queria que ele gritasse. Achava que o grito dispararia suas pernas e ela fugiria, mas ele nunca levantou a voz.

Os olhos vermelhos, a respiração dele queimando o rosto de Sumayya enquanto ela estremecia cada vez mais colada à árvore. Uma brisa repentina soprou, carregando o cheiro do estrume das ovelhas, o crocitar de um corvo ao longe, e rolou alguns pedregulhos para as beiradas da esteira. Quando seu marido, finalmente, recuou até ela, Sumayya já tinha molhado as roupas.

Olhou para a mancha úmida em sua calça com espanto e trouxe lenços de papel do carro. Tentou secar a calça dela e limpar sua mão suja de cacos de vidro e sangue. Abraçou Sumayya e murmurou: "Não fique com medo, minha bonequinha, eu sou seu marido. Eu sou seu habibi, não fique com medo".

Felicidade

Vi minha vó descer os degraus apoiada em sua bengala. Temi que ela escorregasse e corri para ajudá-la.

Ela se apoiou em mim e disse algo parecido com um: "Eu estava te esperando".
"Faz tempo que não te vejo", eu disse a ela. "Que saudades."
"Eu estou te vendo", ela disse.

Eu repeti a ela o que disse, mas ela se calou. Quando descemos os degraus, ela disse: "Eu não te ouço", eu aumentei o tom de voz, mas ela fez sinal com a cabeça de que não me ouvia. Senti que ela envelhecera mais. "Falta muito para chegarmos?", ela perguntou.

"Um pouco, mas podemos descansar se você quiser." Eu me sentei e sentei minha vó no meu colo. Eu olhei para os cabelos dela, onde uma camada espessa de barro havia secado. Fiquei chocada com a gravidade da situação. Comecei a passar a mão no barro seco que caía do cabelo dela, caí num choro copioso. Ela sentiu o que se passava comigo. As lágrimas dela também rolaram. "O que é isso?", ela perguntou. "Nada não", eu respondi.

Eu já tinha tido esse sonho antes.

Tive esse sonho na noite em que minha irmã, recém-casada, voltou para nossa casa. Mas, naquela ocasião, quando minha vó me perguntava: "O que é isso?", eu respondia: "Nosso mundo, que você equilibrava sobre sua cabeça como uma jahla, desabou".

Naqueles dias, minha irmã Sumayya tinha voltado de sua lua de mel na Tailândia, voltou para casa com sua mala.
"Não volto para ele", ela disse aos meus pais.
"O que ele tem de errado?", meu pai perguntou.
"Ele me dá medo", Sumayya respondeu.

Passou alguns dias em casa chorando ansiosa. As vizinhas começaram a falar, a fazer perguntas curiosas, a família dele veio para negociar.

Sumayya não mostrou para eles seu mindinho quebrado, baixou a cabeça e foi viver no conflito.

Ele veio, beijou os pés dela sob o olhar e os ouvidos dos meus pais, perplexos. Disse a eles que ela era possessão dele e ele era possessão dela, e não viveria um momento sequer sem sua esposa, amor de sua vida.

Sumayya arrastou sua mala para fora de nossa casa pela segunda vez.

Depois de um mês, ela voltou, tremendo de pavor. Ele veio atrás suplicando, ameaçando se matar. Enfileirou presentes e espalhou rosas da porta de casa até a porta do quarto dela. Ela partiu com ele outra vez.

Fez Sumayya girar em torno de seu ego como os astros em torno de seu centro. Não passou um ano para que ela perdesse seu apelido "Sumayya Dínamo" para ser apenas Sumayya.

Quando ainda era Dínamo, Sumayya dançava de felicidade pelo noivo bonito, sentou-se ao lado dele no sofá ornamentado e sentiu a felicidade tão de perto, que esteve a ponto de tocá-la.

No entanto, os poucos dias de noivado passaram, e ela permanecia na espera pela felicidade que de tão perto ela quase a viu, quase a tocou, quase a deteve. A felicidade quase tocou em seu ombro para que Sumayya se virasse para ela. Mas a espera pela felicidade parecia a espera pela gota que desliza da borda de um copo, um copo que não é dela.

Sua língua estendida no fundo do copo, ela olha para a gota enquanto ela escorrega da borda. A língua alerta quase sentindo seu gosto antes de ser sorvida. Mas a gota desce devagar, é uma gota pesada e as paredes do copo vão sorvendo-a pouco a pouco, e, quando chega ao fundo do copo, onde a língua espera ansiosa, ela desaparece completamente e se torna parte do copo.

"Talvez a gota de felicidade deslize direto para dentro das minhas entranhas depois do casamento." Era o que Sumayya dizia para si mesma. Mas esse era o casamento.

Depois de um ano da viagem a Misfat, Sumayya teve a vaga sensação de que seu marido escorregaria à beira do reservatório. Aquela folhinha amarelada úmida, caída de uma mangueira, o derrubaria. Essa sensação paralisou Sumayya no seu lugar. Continuou vendo nos sonhos dela os dois passos que os separavam. Ele caminhava com os dois ombros erguidos, como sempre. Ela caminha com os ombros retraídos, como de costume. Os chinelos de couro dele, úmidos. Os tênis dela, secos. Nos sonhos dela, continuavam caminhando à beira do reservatório. Dois passos de distância entre os dois. Nem mais nem menos. Mas essa era a segurança dos sonhos, e desapareceria com eles.

Na verdade, o tempo de dois passos era um único instante, ela não caminhou depois disso um só passo. Paralisou ali. Paralisou para sempre.

Uma folha de mangueira

Sumayya permaneceu sob a árvore até que suas roupas secassem. Queria voltar para casa e tomar um banho, mas ele insistiu em seguir viagem até Misfat Al-Abriyyn, afirmando que não havia cheiro algum nela depois que o sol do meio-dia secara sua roupa.

Ela não contestou. Ele enrolou a esteira e ela pegou o copo inteiro com a térmica do chá. Deixaram o resto dos sanduíches para os animais comerem e partiram com o carro. Durante todo o caminho, Sumayya olhou para frente, o fim da tarde estava claro, o marido não disse uma só palavra.

Quando entraram no vilarejo Birkat Al-Mouz, ela viu dois meninos chutando uma bola de borracha. A radiância do entardecer espalhava pontos infinitos de luz, iluminando cada chute. O marido parou o carro para comprar dois copos de chá. Sumayya leu devagar a placa "Momento do chá", fechou os olhos para ver a palavra "momento", imensa. Abriu os olhos e terminou de ler devagar, quase que com esforço: Temos chá karak, chá de rosas, chá de açafrão, chá de canela, chá de zaatar... O marido lhe estendeu um copo de papel com chá quente e ela sentiu queimar a mão que machucara havia pouco.

O carro começou a subir o caminho da montanha em direção a Misfat, uma linha branca de nuvens se contorcia no céu. Sumayya viu uma pipa de papel descontrolada e a reconheceu. Ela tinha feito esta pipa com Zuhur para Sufiyan quando eram crianças. Fizeram-na com papel colorido, bambu, e enfeitaram com uma rabiola brilhante. Sua vó trouxe para elas as varetas de bambu da plantação e a mãe comprara a rabiola.

O carro chegou a Misfat, a linha branca de nuvens ficou mais rarefeita e Sumayya não viu mais a pipa de papel. Desceu do carro e caminhou com o marido. O horizonte avermelhado e os pedregulhos rolavam, murmurinhando sob os passos. Ela tinha o passo pesado, tentando se manter distante das pessoas, para que não sentissem o seu cheiro. Tentou ficar atrás, para que ele não estivesse ao seu lado.

Os degraus e as pontes de pedra pareciam sem fim, seu passo enfadado, o sol se pondo, causou nela uma exaustão, mas ela não disse nada.

Estavam se aproximando da plantação e começou a sentir o cheiro de fruta podre esquecida ao pé das árvores. O sol se foi completamente e ela ouviu o som do adhan. Ela olhava para os pés do marido no caminho, sempre alguns passos à frente. Seus calcanhares eram extremamente brancos. Ela parou de repente e viu a pipa de papel. A rabiola ainda estava brilhando e as varetas de sua vó estavam bem firmes. Sumayya estendeu sua mão e a pipa voou.

A escuridão sutil do pôr do sol começou a se espalhar branda entre as palmeiras, eles desceram os degraus de pedra e entraram na plantação. Havia um reservatório fundo, cheio, para distribuir sua água pelos canais e regar as árvores em seguida.

Os pés do marido não terminaram de descer a margem dos canais. Pararam. Pararam os pés de Sumayya também. Viraram e subiram o beiral de pedra do reservatório.

Antes que seguisse o marido, Sumayya ouviu o barulho das águas, de homens fazendo suas abluções num vau próximo. Observou o último feixe de luz sobre as dichdachas brancas deles enquanto eles subiam os degraus à esquerda em direção à pequena mussala ali ao lado que iluminava com lâmpada fraca.

Os pés dela se apressaram e pularam no beiral do laguinho atrás do marido. Ele caminhava devagar. Ela caminhava atrás dele com seus tênis esportivos, ele com os chinelos de couro. Os tênis dela estavam secos, os chinelos dele, um pouco molhados. Ela só via seus calcanhares brancos e os seguia. Viu uma folha de mangueira. Ele escorregou e caiu.

Sumayya parou. Seu marido não nadava bem e seu pé tinha sido arrastado para o reservatório profundo e escuro. Sua cabeça subia e descia na água enquanto ele lutava contra a água, tentando pedir socorro a ela. Sumayya paralisou. Um cheiro forte de urina começou a exalar de sua roupa e ela não se moveu. Via o marido se esforçando para respirar e se aproximar da borda. Ela não tirou os olhos dele. Ela ouvia o takbir dos homens em oração quase inaudível e distante. Sua língua pesou. A placa "Momento do chá" piscando em sua mente. A palavra "momento" mais e mais imensa.

O marido dela continuava se afogando e ela parada no mesmo lugar. Os homens na mussala terminaram a farida e oraram a sunna, para então mergulharem em uma conversa animada enquanto desciam as escadas da mussala.

A escuridão aumentou e seu marido se calou.

"Alguém se afogou", um dos homens gritou.

Tiraram ele da água. Tinha o corpo inchado. Tentaram socorrê-lo, em vão. Ele já estava morto. Perceberam a presença de Sumayya. Ela permanecia ainda ali imóvel. "Desde quando você está aqui?", um deles perguntou. "Por que não gritou? A gente teria ouvido." *"La hawla wala quwa ila b-Illah"* "Deus poderoso, a mulher está em choque. Levem ela pra dentro." Vieram umas mulheres, que a levaram para a casa de alguém. Estenderam para ela uma esteira e perguntaram: "O coitado era seu marido?". Sumayya não disse palavra. "Se fosse o marido dela, ela já teria começado a idda dela", disse outra mulher. Uma senhora colocou a mão na cabeça de Sumayya: "Repete comigo, minha filha... *Allahumma fi niyyati w'itiqadi inni u'taddu ala zawji al-haalik arbaatu shur w-ashrata iyyam taa'atan lillah wa-li-rasulih* — Eu juro por Deus minha intenção e crença em manter minha castidade ao meu falecido marido por quatro meses e dez dias em obediência a Deus e ao seu Profeta". Sumayya ficou de olhos arregalados e boca fechada. As mulheres tiraram as delicadas pulseiras de ouro de seu pulso e a aliança de casamento. "Liguem para a família dela, façam o que for preciso", uma delas disse, "Subhanallah... eu tô sentindo cheiro de urina".

Nostalgia

Johannes Hoffer era um aluno de Medicina como Imran.

Imran sofria de saudades calado. Johannes Hoffer — trezentos anos antes dele — já havia criado o conceito de nostalgia a partir das palavras *nosta*, que significa retorno, e *algia*, dor. Usou a palavra como título de sua tese sobre a doença de que sofriam os soldados suíços quando distantes de suas montanhas, e Imran acolheu a doença em seu coração.

A garçonete, uma aluna ucraniana, na nossa cafeteria, Três Macacos, nos serviu. Eu sempre imaginava que os macacos na imensa placa atrás de nós riam sempre que um de nós ficava feliz com a espuma do seu café milionário. Imran mexeu uma colher de açúcar, primeiro no copo de Kuhl, depois no seu. Reparei, de maneira inesperada, um quê de doença no coração dele, como grãos de açúcar derretendo no líquido. Campos remotos em vilarejos sem nome. A tarha de sua mãe, puída pela poeira das colheitas, os brincos de prata de suas orelhas, toda sua riqueza. O pôr do sol acinzentado sobre o ferro corroído do trem que transportava os grãos e o algodão. O riso de sua irmã ainda bebê balançando atada no burro para não cair.

A nostalgia cobriu seus olhos com apreensão e se diluiu na primeira golada de seu copo.

Ele era muito, muito atraente.

Kuhl disse que tinha a impressão de que ele descendia da linhagem de Mughal, que governou o subcontinente indiano. Que ele se parecia exatamente com os retratos desenhados por Jahangir, um dos maiores imperadores do século dezessete. Eu não comentei nada. Imran se parecia com qualquer um e não se parecia com ninguém.

Kuhl estava sempre vestindo uma camisa bordada de gola alta e manga longa com calça jeans. Usava o hijab combinando com a cor da camisa e calçava sapatos flat. Imran vestia uma camisa listrada com calça colorida e um lenço combinando. Era cuidadoso com sua aparência num nível que cheguei a pensar que deveria ser um sofrimento para ele cada vez que ele saía com ela, ao perceber que cada detalhe nele era muito bem-arranjado. Sem dúvida ele fazia, no mínimo, trabalhos de meio período concomitantes aos estudos para cobrir as roupas tão caras.

Kuhl falou animada: "Vamos comer alguma coisa gostosa". Eles deixaram a escolha comigo. Escolhi uma torta de maçã com sorvete de baunilha. Kuhl deu risada porque torta de maçã lhe lembrava muito a pata vó do pato Donald. Imran ficou quieto, como sempre faz quando Kuhl faz comentários sobre sua infância, que não se parecia nada com a dele. Nunca assistira qualquer *cartoon* nem vira qualquer revista até viajar para Lahore numa excursão de escola, no secundário, pouco antes de conseguir a bolsa de estudos que o trouxe para Londres. Não foi ele quem me disse isso, Kuhl, antes que eu o conhecesse, já havia me contado tudo a seu respeito. Ele não falava muito de modo geral. Não pude deixar de reparar nos dedos finos e compridos enquanto cortava fatias de torta de maçã para nós.

Éramos só os três na cafeteria, o que não era comum. A garçonete ucraniana murmurava qualquer melodia na sua língua enquanto estudava sua lição. Quando Imran foi pagar a conta, ela comentou um pouco com ele suas próximas provas e ele respondeu à moça um tanto lacônico.

É só impressão minha ou ele trata as pessoas com falta de consideração? Talvez não consiga lidar de forma gentil com as pessoas?

Como podia ser tão, mas tão atraente.

Azul

Sumayya olha suas mãos nuas. Sem as finas pulseiras de ouro e o anel de casamento de diamante.

As unhas longas, arredondadas, e a marca do ferimento sobre a palma da mão causado pelo caco de vidro do copo.

Sumayya olha demoradamente para suas mãos até ver o pesado meio-dia, um extraordinário meio-dia de luz. Havia dois sóis iluminando Sumayya. Vê uma corda grossa entre os dois sóis, numa ponta está pendurada sua longa camisa azul, e na outra a dichdacha azul puída da pastora de ovelhas.

Sumayya olha suas mãos, mãos que fizeram um intenso meio--dia. Sumayya vê a si mesma pendurada com suas mãos na corda grossa, pendulando entre os dois sóis. Com o corpo, toca a camisa, toca a dichdacha. A ferida de sua mão supura, escorre dela um fio de sangue e a carne se rasga. Sumayya não se fartava de olhar para suas mãos, sua boca não se abria para um gemido.

Empatia

A empatia brotou entre minha vó Althurayya e Bint Aamir. Sempre que a mão de Bint Aamir penetrava o solo de nossa casa para plantar suas árvores — ou amassava a farinha, assava a massa, esfregava o corpo de Mansour com bucha e sabão —, Althurayya se levantava do chão e rodopiava no ar até quase fazer parte dele. Levantava-se com seu tapete da oração assim como um fantasma. Os pés de Bint Aamir penetravam o barro do chão, para construir os pilares desta casa. Althurayya se erguia ao céu, clamando por um mundo de espiritualidade absoluta. Althurayya escreveu amuletos para proteger as crianças da febre e pintou — com açafrão umedecido em água — ayas corânicas em uma cumbuca para as mulheres beberem durante os partos muito difíceis. As pessoas procuravam Althurayya para serem curadas e ela lhes atendia sem cobrar e em silêncio. Seu alvo era o céu e não as riquezas terrenas.

Bint Aamir atava a fibra sob os pés com cintas de folhas de palmeiras, para escapar do escaldante sol do meio-dia. Equilibrava a jahla de cerâmica sobre sua cabeça e ia pegar água na falaj. Mansour a seguia para onde quer que fosse. Já havia crescido o suficiente para se divertir com o reflexo projetado por dezenas de espelhinhos redondos que enfeitavam a bainha de suas roupas bordadas com fios de ouro trazidas da Índia especialmente para ele. Mansour tentava distrair Bint Aamir refletindo os raios metálicos de sol nos seus espelhinhos e jogando no olho são dela. Mas Bint Aamir não olhava para ele nem sua jahla se movia sobre sua cabeça. Quando ele perdia as esperanças de provocá-la, corria para chegar em casa antes dela, onde sua mãe Althurayya já tinha feito o ritual de ablução para a oração do meio-dia. Calçados os pés macios nos tamancos de madeira de Zanzibar, devota caminhava até sua mussala e passava as contas de sua masbaha na espera do adhan. Salman, seu pai, nesse ínterim, estava com a loja fechada para um cochilo. Mansour aproveitava para roubar um cubinho de açúcar que ficava guardado na lata decorada com a cena de um dia de verão na Inglaterra, onde mulheres de vestidos e sombrinhas passeiam entre as árvores. Mansour sempre se imaginava numa corrida com seus amigos nessa paisagem.

Quando Mansour alcançou seus doze anos, o pai tosou suas tranças, os ventos da fortuna sopraram e Salman ganhou centenas de qirches em transações inesperadas. Althurayya abriu as portas da casa para os necessitados: ela acendia os caldeirões e as mulheres pobres se apinhavam na casa de Salman. Pesavam a farinha e assavam pães, limpavam o arroz e cozinhavam-no durante a hora do almoço, para levarem o pão, o arroz e potes de iogurte para casa no fim do dia.

Certa noite, uma das vizinhas sugeriu à Althurayya e à Bint Aamir que deveriam encomendar cadeados de prata para seus baús e experimentar borrifar água de rosas com ouro. Uma mulher rica do vilarejo ficara famosa por fazer isso. Althurayya se calou e se retirou para seu tapete para fazer sua prece. Bint Aamir por sua vez olhou nos olhos da vizinha com seus conselhos e disse: "Vá pra sua casa e leve com você seus conselhos pra outras bandas, aqui não invejamos e nem imitamos dondocas ricas. Invejoso só imita gente desmedida".

A vizinha foi embora e nunca mais voltou, já a inveja que Bint Aamir tanto temia e tomava tanto cuidado para não se queimar, inesperadamente, ardeu nela como nunca antes. Não passou muitos meses até que as gêmeas Rayya e Rayyah chegassem de visita à casa de Salman. A chegada das duas não mudou em nada a vida de Bint Aamir na casa, nem em sua maternidade reconhecida a Mansour. Contudo, algumas portas estranhas se abriram e medos misteriosos se misturam no coração infeliz.

Quando o pai de Rayya e Rayyah se viu preso na armadilha do casamento malfadado e se valeu de diversos artifícios para se livrar dele. Encontrou alguns obstáculos nas repetitivas escapadinhas para viajar para longe, até que embarcou para o Congo, deixando no colo da esposa as duas meninas e uma plantação de tâmaras, que a seca matou dois anos depois de sua partida.

Achou que a época das subordinações da adolescência já tinha terminado e evitou crises desnecessárias, encontrou prazer em adentrar as florestas africanas para caçar tigres, sem qualquer perturbação humana. Até que uma carta lhe trouxe a mais desagradável das surpresas: sua mulher havia morrido. Morreu como viveu, sem alegria e sem ambição, as gêmeas, Rayya e Rayyah, ficaram órfãs, a plantação que secara já havia sido vendida havia um tempo.

Voltou das caçadas aos tigres selvagens para o mundo real e para as armadilhas das obrigações dos laços consanguíneos. Viu-se obrigado a escrever uma carta para um parente no Oman. Hilal, um homem conhecido por sua piedade. Pediu a Hilal para tomar conta de suas filhas. Hilal tomou para si a obrigação do parente. Carregou as duas meninas magricelas e parecidas que não tinham nem dez anos em um dos barcos marítimos de Sur para Zanzibar. Foi surpreendido por uma trombose e morreu no barco. Jogaram o corpo dele no mar, e as meninas chorando em desespero não soltaram a mão uma da outra até que o barco atracasse na costa de Zanzibar.

As gêmeas chegaram para encontrar o corpo de Hilal, que aportou primeiro na praia. As pessoas choraram pelo homem piedoso cujo corpo não fora tocado pelo tubarão ou pelo pássaro do mar. Enterraram o homem no cemitério dos nobres e Rayya e Rayyah partiram com o pai para o Congo. Cresceram no país africano quase que em reclusão. Às vezes, o pai se esquecia da existência das filhas. Elas por sua vez aprenderam a plantar mandioca, banana, cozinhavam e vendiam o excedente. O corpo se desenvolveu às margens da floresta e vestiam canga. Plantavam e colhiam e participavam da caça, com a qual o pai vez ou outra se lembrava de alimentá-las. Lembrava-se também de obrigar as filhas a falar em árabe e se esqueceu completamente que teria de casá-las. O pai morreu, e se deram conta de que estavam sozinhas no mundo.

Depois de muito hesitar, Rayya e Rayyah decidiram voltar para o Omã. Não se recordavam da vida e da família que tinham ali. Tentaram recuperar os detalhes da vida com a mãe que partira. As memórias dos momentos agradáveis e dos raros instantes que os olhos da mãe brilharam com energia e interesse por qualquer coisa neste mundo eram os instantes em que ouvia notícias de morte ou recordava — com detalhes que as lembranças lhe traziam — a história dessas notícias. De qualquer forma, voltaram. Sabiam que Salman era um dos parentes mais próximos ou mais generosos, então chegaram como hóspedes da casa.

As duas hóspedes chegaram à casa de Salman com tamancos de madeira e trouxas carregando poucas roupas, mas limpas e perfumadas com incenso, um bauzinho de madeira guardando algumas pratas e uma trouxa amarrada com cuidado contendo a maravilha das maravilhas que virou o assunto do vilarejo por semanas: a pele de um tigre de verdade.

Chegaram à casa de Salman, o parente generoso, para encontrar um homem ocupado com seus negócios, uma esposa ocupada com suas orações e um adolescente brincando pelas vielas. Não acharam ninguém com quem lidar, ninguém que as fizesse sentir que seriam hóspedes da casa para sempre. Até que Bint Aamir retornou de uma viagem frustrada para encontrar o doutor Thoms e se deparou com as gêmeas.

Os três macacos

Surur me levou à Kuhl e nos tornamos as três personagens numa foto. Eu, Surur e Kuhl e uma moldura a nossa volta. Surur tirou uma das hastes da moldura e deu um passo para fora da foto. Mas permanecemos três, pois Imran tinha dado um passo em nossa direção: Eu, Kuhl e Imran fortalecemos as hastes da moldura teimosamente e estávamos de acordo com os papéis desempenhados. Tínhamos um jogo de troca de lugares que não percebíamos ou talvez não quiséssemos perceber.

O quarto ainda está escuro quando acordo todas as manhãs enquanto meu destino me espera. Olho para a madrugada e digo para mim mesma: "É madrugada. Mas meu destino já está dado". Eu caminhei na sua direção com meus próprios pés e o triângulo amoroso entre nós se fechou estreitamente. Eu desejei cada um dos passos, embora os odiasse. Desejei cada uma das dificuldades, apesar de temê-las. Sentei-me com Kuhl e Imran na cafeteria Três Macacos, e minhas mãos tremiam de medo da separação e do encontro. Cada uma das minhas veias latejavam em alerta, cada partícula em mim incitada. Eu era toda espera. Aqui está o destino que não mudaria e que aconteceu como eu desejei e temi: nas minhas costas. Eu o suportei aonde quer que eu fosse e o encobri com muitas palavras, exceto com ele mesmo.

Estávamos sentados juntos, na esplanada da cafeteria a céu aberto, e senti vontade de dizer a eles que os amava, mas não consegui. Eu estava aprisionada pelo meu sofrimento, pelo meu destino. Pela presença dos cabelos de Imran tão próximos dos meus dedos, da verdadeira cor de sua pele, das covinhas de Kuhl iluminadas por estar junto de seu amado. E a essência da primeira paixão que ultrapassa qualquer descrição.

Kuhl conversava com animação sobre seus planos de graduação. Imran calado, como de costume. Eu não podia precisar a origem de seu silêncio: ansiedade ou desinteresse?

Olhei para ele e vi o menino que tinha sido: descalço e com fome, saindo da casa de barro batido, antes do amanhecer. O fruto do algodão esverdeado se abria sobre ramos de algodão. Ele se inclinava sobre eles com paciência e o colhia com seus dedos delicados. Era proibido de ir à escola na estação da colheita de algodão, muito embora a produção não tivesse chegado ao ponto de ser usada para qualquer outra coisa que não fosse encher almofadas e mantas. Havia dois olhos monstruosos sempre vigiando Imran, um chicote, um ferro quente e uma malignidade incompreensível. Mesmo no dia em que sua irmã mais nova nasceu, entre as pilhas de sementes de algodão, não lhe permitiram deixar o trabalho para ajudar sua mãe. Ficou escutando a mãe pedindo por água com a fraqueza na voz até o cair do sol. Voltaram todos para casa, o pai caminhando à frente, e atrás estavam a mãe com a recém-nascida enrolada num trapo nos braços.

Terminei meu café e ouvi Imran comentar sem mais nem menos que gostaria de visitar o meu vilarejo. Eu o convidei para visitar a Narinja da nossa casa. Não havia lhe contado que ela morreu com a morte de minha vó. Será que, se esses dedos esguios, resgatados da dureza da agricultura, segurassem os galhos secos da Narinja morta, ela reviveria pelo segredo da união primeira? Você se balançaria no galho em que Sumayya se balançava? Você se incomodaria de se deitar sob a árvore na esteira, sentindo o pedregulho sob seu corpo, Imran? O pedregulho fala, o pedregulho respira. Você tem que balançar seus pés de cima do pequeno galho da Narinja, tem que ver a confluência de nuvens cinzentas no cume das montanhas. Gritar meu nome para que o eco estranho reverbere dezenas de vezes, como se os seres estranhos invisíveis sustentassem seu grito. Você saberá então que busca gritar por aquilo que lhe pertence e que deve estar com você.

Milagres

As notícias dos milagres medicinais do doutor Thoms se espalharam por cada uma das torres, casas e tendas do país, que permaneceu até os fins dos anos 1950 sem conhecer outro médico a não ser o médico tradicional. As pessoas contavam umas para as outras as notícias de suas cirurgias, que costuravam a barriga, colocavam talas nas fraturas ósseas e devolviam luz aos olhos. A cirurgia ocular realizada no imam Muhamad al-Khalili, em Nizwa, aumentou a intensidade da fé das pessoas nos milagres da Medicina Moderna e fez reviver a esperança que guardavam dentro de si de terem restituída a visão que perderam por muita ignorância e lapsos negligentes.

Bint Aamir abriu sua trouxinha de pano, desfez as dobras do tecido estampado de argolas marrons que perdera a cor. Tirou dele uma tornozeleira de prata que herdara da mãe, um par de brincos de ouro que ganhou de presente de Althurayya no ano de fartura e uma cópia do nobre Alcorão que não podia ler. Havia pedido a Salman quando estava prestes a fazer a viagem do Hajj, bem como uma foto da nobre Caaba em papel brilhante e uma foto de Buraq, o monte do Profeta, com o rosto de uma mulher bonita e o corpo de um cavalo; uma plaquinha de escápula de camelo com uma inscrição que datava da infância de seu irmão, quando era aluno do kuttab, a escola corânica.

Tinha escapado do incêndio na casa de seu pai e foi enviado a ela por uma das vizinhas, a mesma que contou a ela, quando tinha uns vinte anos, que o pai havia rejeitado um homem que queria ficar noivo dela. Desatou um nozinho do pano e surgiram diante dela dez qirches de Maria Tereza de prata, que ela ganhara quando bordava mangas à luz do candil de querosene depois de fazer Mansour adormecer.

Fechou cinco qirches na mão e depois amarrou as moedas num nó com a ponta do pano. Saiu para encontrar Bakhach, dono do caminhão Bedford que saía de Jaalan para Mascate todo mês, carregando ao longo do caminho gente e mercadoria. Bakhach se recusou a levá-la, dando a desculpa de que o carro já estava muito cheio antes de chegar ao vilarejo dela, e ele tinha à frente um caminho longo e muitas cidadezinhas nas quais passar. Bint Aamir por sua vez não arredou o pé de diante do caminhão. Ficou ali parada enquanto Bakhach e seu ajudante, Walad Al-Kaz, chamado de Maayune — o ajudante mor —, empilhavam sacas de arroz, tanques de água, caixas de mercadorias em tudo quanto era espaço vazio da carroceria do Bedford. Ao pegarem as latas de petróleo, Bint Aamir agarrou uma delas. "Isso é petróleo, não toque nisso, não tem postos no caminho", Bakhach gritou, tirando a lata das mãos dela. Já pelo meio-dia, quando o Maayune foi ao prefeito retirar uma autorização para entrar com o carro nos vilarejos vizinhos, Bint Aamir foi no rastro dele. Seus chinelos tinham arrebentado, mas ela não sentia arderem os pés com o calor. Parou na porta do prefeito até que Maayune saiu com o militar incumbido de acompanhá-lo e fazer a guarda. O Maayune e o militar caminhavam devagar e atrás deles estava Bint Aamir. Walad Al-Kaz finalmente se virou para ela e disse: "Não adianta, o Bakhach não vai te levar". "Me leva você, então", ela insistiu. Ele caiu na risada, deixando aparecer seus dentes cariados: "Eu sou só um ajudante, eu carrego e descarrego o carro, levo as mercadorias e anoto os nomes. Venho pegar a autorização e cozinho o almoço. Também faço os consertos e examino os pneus". "Então é você que vai anotar meu nome", ela disse sem sorrir. Ele ficou furioso porque, mesmo ela precisando dele, não foi nem um pouco gentil. Não se mostrou nem um pouco impressionada, nem que disfarçadamente, diante de tudo o que ele podia fazer no seu trabalho como auxiliar de motorista, cozinheiro, mecânico e assistente administrativo. Ele lhe jurou pelo divórcio que não podia persuadir Bakhach. A lista de nomes e motivos para a entrada no Muttrah já estava completa. Além disso, o caminhão de carga era perigoso. Se atolassem no barro, seria um dia inteiro tentando desatolar; se acabasse o petróleo, ficariam presos no caminho; se um dos passageiros se revoltasse, eles o deixariam à beira do caminho; e, se o prefeito se irritasse, não lhes daria autorização para entrarem no vilarejo. Quando o militar e o Maayune chegaram até o caminhão, ele mostrou para ela o número pendurado e apontou a letra *F* ao lado do número e terminou gritando: "Sabe o que é isso? Você consegue desvendar que letra é essa? Essa é a letra *Efe*, e quer dizer *fora*. Significa carro fora de Mascate, ele não pode cruzar os limites de Derwazat al-Hatab em Muttrah. E é claro que você não sabe que o sultão Said Bin Taymur proibiu as autorizações para todos os carros. Se quisermos vender uma autorização para esse caminhão no mercado clandestino, vamos ganhar mais dinheiro do que o valor desse caminhão. E você com toda facilidade do mundo quer se intrometer nessa coisa complicada e ir pra Mascate". Ele perdeu o fôlego de tanto calor, e por causa do olhar impassível de Bint Aamir sobre ele. Desatou o nó da ponta do pano e estendeu para ele cinco qirches: "Eu vou pagar como todo mundo".

Pouco antes do pôr do sol, Bakhach e o Maayune terminaram de inspecionar o caminhão e carregá-lo. Os passageiros que já tinham vindo com eles começaram a subir e alguns passageiros novos se apresentaram para assinar seus nomes. Bint Aamir era a última da fila; Walad Al-Kaz bufou na cara dela, mas não teve coragem de mandá-la embora. "Motivo da viagem?", ele perguntou. "Consulta com Thoms", ela respondeu com clareza e se dirigiu para o lugar dela no caminhão, ao lado da gaiola de galinhas que seriam mortas para o almoço do dia seguinte.

Depois de três dias, o Bedford chegou a Muttrah, cruzou o portal al-Achour, onde se determina as taxas sobre as mercadorias importadas e exportadas de Muttrah. O Bedford se deparou com outros caminhões antigos parecidos com ele, de Charja, Dubai e Fujira, sinalizados com a letra *F*, que não cruzaram os limites de Muttrah e que tinham enviado a lista de passageiros e as razões que os levaram a conseguir uma autorização para o veículo. Depois disso era permitido às pessoas se espalharem, para que se encontrassem novamente em Derwazat al-Hatab por conta própria, em uma semana.

Os camponeses se apressavam para vender suas colheitas de tâmaras secas e limões desidratados para os grandes comerciantes, que facilmente faziam a exportação para a Índia. Os donos de comércios corriam para o souq Muttrah, a fim de abastecer suas vendas com arroz, café, especiarias e caixas de abacaxi enlatado, enxaguante bucal de hortelã, tecidos coloridos e contas. Os moços se apressavam para tentar desesperadamente viajar para o Bahrein para trabalhar, ou para o Iraque para estudar. Mas tinham antes disso que conseguir uma joia preciosa: o passaporte, que chamavam passaporte do Saidi, pois o sultão pessoalmente precisava concordar com sua emissão. Os doentes corriam para o hospital missionário, em

Muttrah, que ficou conhecido após mais de dez anos como Hospital da Misericórdia.

O doutor Wells Thoms tratava cerca de oitenta enfermos todos os anos. Minha vó parou entre eles com sua figura corpulenta de trinta e nove anos, esperando que chamassem seu nome. Disseram a ela que veria a Khatun primeiro. Levaram-na até uma mulher loira com um uniforme branco e minha vó lhe perguntou: "Você que é a Khatun?". A mulher americana sorriu e disse com gentileza: "Meu nome é Beth Thoms". Minha avó sentiu então que se aproximava do milagre. Ela era a esposa de Thoms. Beth entregou-lhe um livro impresso. Minha vó o pegou com as duas mãos como quem recebe o favor de Deus. Não disse à senhora loira que não sabia ler nem escrever. Esse livro, como se saberá mais tarde, era uma Bíblia, que ela colocará na sua trouxa das memórias do encontro com Thoms. Era o segundo livro que segurava em toda sua vida depois do Alcorão.

Minha vó encontrou com doutor Thoms como um mortal encontra os santos e os patriarcas que realizam os sonhos dos homens. Mas o encontro foi bem curto. Ele era um médico missionário muito famoso. Realizara uma cirurgia de sucesso no olho do imam havia alguns anos. Não se deteve mais que dois minutos examinando o olho cego de minha vó, para lhe informar que o dano causado pelas ervas da infância era profundo e que a luz tinha se apagado de seu olho para sempre. A enfermeira queria levá-la para fora, mas ela se recusou a sair. O médico foi simpático com ela e lhe deu um cartão, onde escreveu o nome de minha vó, o prognóstico e a prescrição: solução antisséptica.

Quando cheguei à casa dos vinte anos, no auge das viagens, da impaciência, da confiança na vida e dos milhares de desejos, minha vó estava à beira da morte. Eu juntava suas roupas e seus pertences simples para levá-la ao hospital e me deparei com esse cartão, li no verso o seguinte versículo: "O temor do Senhor é o princípio da sabedoria".

O juiz que estava entre os passageiros tentou adiar o retorno do caminhão cargueiro com vívida esperança, apesar da carta com selo oficial que tinha metida entre sua roupa. Bakhas e Walad Al-Kaz se mantiveram firmes com o horário marcado e o juiz se sentou humildemente entre os copos de café e as caixas de doces, esforçando-se para não olhar na cara das pessoas inferiores a ele. Apesar dos qirches que enchiam seu saco de pano e que vinham de sua longa carreira como juiz do sultão Said Bin Taymur e das vendas de cestas de ovos e gaiolas de galinhas que os condenados carregavam até a casa dele, na calada da noite, como forma de reduzir a pena. Apesar do tilintar de suas moedas, não foi possível tratar seu olho enfermo. Thoms já tinha dado a notícia de que honestamente ele não poderia tratar de seu olho em Mascate e que talvez, se viajasse a Mumbai, encontraria tratamento. Era possível que ele conseguisse salvar seu olho lá. A notícia desconcertou o juiz. Era hábil em subornar e tinha a trouxa cheia de qirches que podiam levá-lo a Mumbai. Ainda assim precisava de um passaporte e da autorização do sultão para ir à Índia. O juiz escreveu uma carta para o sultão, explicando-lhe toda a situação, deixando claro que possuía o dinheiro necessário e que não precisava de mais nada além do passaporte e da autorização. Foi surpreendido pela resposta rápida e selada com a assinatura do sultão Said Bin Taymur, que não fechava os olhos para o suborno do homem: "Autorização de viagem negada. Acreditamos que um olho lhe é suficiente até sua morte".

Durante a viagem de volta, a garganta de Maayune desatou a cantar. No caminho, deu de comer aos passageiros filhote de tubarão salgado e tâmaras e insistiu que bebessem do poço de Muqayhafa quando desceram para fazer uma pausa sob a sobreira do zízifo. Uma das passageiras sussurrou para as outras que vira durante o cochilo seu filho, que deixara em casa com uma guirlanda de jasmim. O olho são de Bint Aamir lacrimejou. Ela sabia pelo sonho que o bebê estava morto e enterrado.

A guerra

Bint Aamir entrou em casa, na casa de Salman e Althurayya, depois da viagem mais longa que fizera em toda sua vida. Viajou para encontrar doutor Thoms. Reparou um tanto descrente nos dois pares de tamancos de madeira cuidadosamente alinhados ao batente da porta da sala aberta que dava para o quintal pela arcada. Tirou seus chinelos puídos e chamou por Mansour para lhe dar alguns pedaços de doce de "leite de vaca", que comprara para ele por meio qirch no souq Muttrah. Mas uma voz alta e estranha respondeu ao seu chamado: "Mansour tá aqui não".

Permaneceu no mesmo lugar até que encarou pela primeira vez suas duas inimigas. As duas mulheres baixas e magras saíram de um dos quartos e Bint Aamir logo as reconheceu. Era como se os vinte anos não tivessem se passado desde seu embarque no barco que as levou à África. O suor escorria pelo seu corpo sob o calor do meio-dia. Estava a ponto de perder o fôlego, segurando o pacote com os doces de "leite de vaca", mas não lhe passou despercebida a austeridade nos olhos de Rayya e Rayyah, assim como a pele de tigre pendurada na parede. As coisas ficaram muito claras sem que qualquer palavra fosse dita: Era guerra.

As três mulheres ficaram ali na sala da casa de Salman, Bint Aamir com sua corpulência ágil, o suor brilhando na testa, Rayya de tão esquálida trazia uma leve corcunda aparente, e Rayyah era devorada por uma magreza que parecia até competir com a irmã. Seus olhos traziam uma coisa que Bint Aamir veria pela primeira vez na vida: óculos de grau. A pele do tigre assistiu imóvel às batalhas e aos triunfos, o árbitro de cada avanço e cada retirada entre elas.

Com certa prudência, as duas irmãs cumprimentaram Bint Aamir, que, em seguida, entrou no turbilhão de sua vida. As duas irmãs ficaram se esgueirando em volta de Bint Aamir. Antes de mais nada, enterrou os ninhos de escorpiões que Mansour fez crescer na sua ausência. Buscou água da falaj em cântaros de barro. Lavou o arroz. Matou um galo e preparou o almoço. Quando o colocou no chão, Rayya e Rayyah se sentaram em volta da comida com Salman, Althurayya e Mansour. Naquele dia, ela não comeu. Lembrou-se do pai, que bateu na mão do irmão dela, fazendo voar o arroz que ele segurava por toda parte. Sentiu o cheiro forte de terra molhada pela chuva e repetiu no peito o provérbio que expulsou os dois da proteção do pai: "Coma do seu próprio esforço".

A guerra estourou silenciosa mas truculenta. Bint Aamir desenhou para as duas irmãs os limites de onde podiam ir dentro de casa. Não permitia que entrassem dentro da cozinha, tampouco tocar nas árvores e na sua plantação. Jamais dirigir qualquer repreenda a Mansour, seu filho. As duas irmãs responderam à Bint Aamir exibindo suas roupas perfumadas com bukhur, com o toc toc de seus tamancos e com histórias sem fim sobre a África, as florestas, os tigres, o tempo, as cobras gigantes, os imensos insetos e as casas arqueadas, que atraíam Salman, Althurayya, Mansour e as vizinhas.

Não fosse a vida das gêmeas no Congo ter-lhes ensinado a desistir de esperar pela atenção de qualquer criatura, a guerra silenciosa teria se estendido. Não haviam passado duas semanas da chegada à casa de Salman até começarem a investigar sobre a casa em que tinham vivido durante a infância. Perceberam rapidamente que a fome no país tinha retrocedido e que as falajes tinham voltado a regar os pomares. Começaram a fortalecer os laços com as vizinhas, que se voluntariaram a lhes ensinar o bordado e espalhar a notícia de que se preparavam para jejuar em lugar daqueles que não podiam, ou que gostariam de serem alugadas para jejuar em penitência por um ente querido que morreu. Elas jejuavam pelo morto e pegavam o aluguel pelo jejum.

Bint Aamir lavava a roupa de Mansour, batendo com ela a mureta de pedra da falaj com força, para então afundá-la na falaj novamente. Repetia o processo e não torcia nem estendia na corda de fibra até que se certificasse de que estavam limpas e sem aquele cheiro forte de menino adolescente. Estava ocupada com as roupas quando as gêmeas pararam do lado de sua cabeça. "A gente veio se despedir de você, Bint Aamir. A gente tá se mudando da casa de Salman para nossa casa", Rayya disse ajeitando os óculos. Uma flecha veloz do possessivo *nosso*, de *nossa casa*, penetrou o peito de Bint Aamir.

Rayya e Rayyah pensaram por muito tempo em como transformar a casa abandonada e demolida em um cômodo decente para morarem. E como transformariam o canal da falaj para irrigar a pequena plantação morta que tinham. Juntaram o dinheiro do aluguel do jejum pelos outros com o dinheiro dos bordados e compraram barro para construírem o cômodo e mudas de tamareiras para plantarem no campo. A corcunda de Rayya e a vista curta de Rayyah não as impediram de trabalhar dia e noite. Construíram o cômodo em um dos cantos da casa demolida e se deram por satisfeitas. Plantaram banana, manga, tomate, limão, cebola e alfafa ao lado das palmeiras. Dentro de dois anos, já tinham uma vaca leiteira. Vendiam leite, samna e queijo. Não pararam com os bordados nem com o jejum de aluguel e viviam com independência.

"Machallah! Rayya e Rayyah trabalham feito homem sem precisar da ajuda de ninguém", se dizia entre as mulheres. A inveja torturava minha vó, mesmo ela alertando sobre suas chamas ardilosas e considerando o principal dos pecados. Quando as pessoas chamavam as gêmeas de independentes, minha vó dizia para si mesma: "Duas orgulhosas". Deixou de sonhar com o campo em que viveria, assim como deixou de sonhar com um olho sadio com que pudesse ver.

Argumento suficiente

Depois que Saddam Hussein invadiu o Kuwait, meu pai comprou uma quantidade tão imensa de produtos de reposição que o armazém ficou sem espaço. Ele colocou algumas sacas de arroz no quarto da minha vó. Nessa época, ela se batia e tropeçava nas sacas, entendemos que já não enxergava quase nada com um olho. Quando a guerra terminou e as sacas desapareceram, meu pai voltou a fazer suas longas viagens comerciais, e minha vó ficou inválida.

Meu pai a viu se arrastar do quarto dela até a sombra da Narinja, e disse uma palavra apenas: "Mah".
  Minha vó sorriu: "Mansour".

Meu pai comprou uma cadeira de rodas para ela, mas minha vó nunca usou. Ele contratou uma empregada, mas minha vó nunca permitiu que ela lhe desse banho. Então esses anos estranhos se dissolveram.

Minha mala já estava pronta para minha vida de estudante.
  As malas de Sumayya estavam prontas para a vida marital, para encontrar a felicidade e se mudar para a casa de seu marido.
  Sufiyan se despedia da infância para encontrar a desastrosa adolescência.

E minha vó morreu.

As pessoas à minha volta eram muito gentis comigo, mas ninguém disposto a me compreender. Gentileza não é compreensão, mas muito provavelmente o caminho oposto. "Ah, mas ela já tinha passado dos oitenta", "Ah, agora ela descansou da velhice e de se arrastar do quarto até o quintal", "Ah, vocês cuidaram muito bem dela."

Não seria a velhice justificativa suficiente para a morte? Ou mais importante que isso: para aceitar a morte. Assim como minha vó foi agraciada com um pouco de gentileza durante sua vida, eu também fui com a morte dela. Mas nenhum de nós encontrou compreensão, e a mim não era permitido lamentar.

Logo em seguida, Sumayya Dínamo se casou para perder seu apelido e se tornar apenas Sumayya. E eu viajei. Já tinham se passado todas essas horas, todos esses anos que nos devastaram, e já nos esquecêramos a origem do trauma e suas causas, mas dissemos que era o que restava, pois, num certo tempo, antes dessas horas, desses anos, já tínhamos sido despedaçados.

Perseguimos o frágil pássaro da vida, nos agarramos sobre suas asas até tomá-lo à força com nossas garras, para vestirmos suas penas, tomarmos o sangue e dizer: "Vai passar", apesar de o pássaro se despedaçar entre os nossos dedos, apesar do sabor amargo de seu sangue sob nossa língua, dissemos: "Vai passar". Depois esperamos que o pássaro sobrevoasse a vida conosco.

Vestimo-nos de aflições, cobrindo a nudez do amor. Abrimos nossas bocas para gotejar o mel que se derrama amargo. Agarramo-nos às pessoas que amamos até rasgarmos suas roupas, mas sua nudez não encobre a nossa nudez. As pessoas que amamos se exaurem e soltam nossos dedos. Ah, quão ensurdecedor é esse grito. Como nos exaurimos nessa corrida. Quão degradante é esse desespero. Por que, meu Senhor, em sua ímpar misericórdia, não nos revelou a fonte que nos purifica e refrigera de nossas aflições?

Os óculos

Durante a viagem que fez sozinha para encontrar com Thoms, Bint Aamir se hospedou em um aarich. Uma estrutura coberta erguida nas proximidades do Hospital da Misericórdia, em que dezenas de mulheres, de todas as partes, se apinhavam, pagando apenas um aluguel simbólico. Elas levavam sua própria comida e, ao meio-dia, a fumaça se levantava dos fogõezinhos a querosene de uma boca só, e um pouquinho depois do pôr do sol estavam prontas para dormir. Os homens se apinhavam num aarich vizinho.

A vizinha de cama de esteira de Bint Aamir ficou se revirando, impedindo-a de dormir com seus gemidos. Bint Aamir lhe deu umas cotoveladas: "Que é isso, minha filha? Deixe a gente dormir". A menina começou a chorar: "Eu quero meu marido. Já tem um mês que a gente chegou para ele se tratar. Ele tá no aarich dos homens e eu aqui no das mulheres. A gente só se encontra no hospital de dia".

Será que minha vó dormiria nessa noite? Ou estaria também pensando no noivo desconhecido e distante de quem não sabia nem o nome e o pai recusou sem enviá-lo a ela, sem sequer informá-la?

Se o noivo tivesse se tornado marido, e ela descoberto com ele os prazeres do corpo, ficaria inquieta de saudades como essa menina?

Rayya e Rayyah deixaram para ela um par de tamancos de presente antes de partirem para a casa demolida e para a plantação morta. Minha vó nunca tocou nos tamancos. Largou o par na soleira da porta do mesmo jeito que as gêmeas o largaram e continuou a usar seus chinelos puídos, mas, às vezes, amarrava uma fibra de palmeira no solado dos pés com uma tira de sua folhagem.

Ignorou os tamancos, mas ficou por um mês inteiro pensando nos óculos. Passou pela cabeça até jejuar de aluguel em lugar dos incapacitados e juntar o dinheiro para comprar um par de óculos. Ela pediria para qualquer viajante fazer o favor, muito embora não tivesse a menor ideia sobre a medição da vista. Seu corpo extravagante não aguentaria jejuar por muito tempo, mal aguentava o mês do Ramadã, os dois dias da Arafah e da Achurah. Sentiu muita pena de Mansour quando seu pai lhe deu ordens para jejuar. Passou o primeiro dia do Ramadã inteiro molhando a cabeça e o corpo do menino para passar o calor e a sede. Mansour descobriu uma trapaça vestida de inocência. Ao se deitar sob a tamareira, por volta do meio-dia, durante o Ramadã, Mansour observava as gotas de água que se formavam nas jahlas de barro penduradas na palmeira. Quando uma gota grande se formava e caía, o menino deitado apenas abria a boca e uma gota generosa caía diretamente na sua garganta. Depois repetia o processo de observação e espera até que outra gota caísse na sua boca aberta. O pai suspeitou do menino, que se deitava sob a jahla no sol do meio-dia, Mansour escapou do chicote dizendo que não tinha quebrado o jejum. A gota havia caído sem querer no seu ventre, porque era providência da vontade divina para ele.

Ela sabia que não poderia jejuar por aluguel para as pessoas, mas ainda assim queria os óculos.

Afundei minha face no travesseiro, a neve batia no vidro com suavidade. Afundei minha face mais fundo, até que meu olho direito se fechou. O esquerdo permaneceu aberto. A palavra cegueira ficou pairando na minha cabeça, eu revirava suas letras de ponta-cabeça e imaginava como um ser humano de oitenta anos poderia viver com um olho só. As lágrimas eram vertidas dos meus dois olhos saudáveis sobre o olho dela, o ferido, pela erva da ignorância, a crueldade na infância, a morte da mãe, a rejeição do pai, a tragédia com o irmão, a terra que nunca possuíra, o amor nunca encontrado, o filho que não era dela, os netos da amiga que morrera antes dela.

Uma chuva amarela da Índia

Salman morreu duas vezes. A primeira vez foi quando uns marinheiros esfarrapados, descalços e com um trapo colorido amarrado na cabeça bateram à porta de sua casa para trazer a notícia à Althurayya de que a embarcação marítima que seguia para a Índia bateu de frente na costa de Mumbai. Ninguém se salvou.

Salman já tinha viajado para a Índia anteriormente duas ou três vezes, levando tâmara desidratada que ele mesmo preparou, colheu de sua plantação, ferveu no caldeirão sobre a lenha que não parou de alimentar seu fundo com o fogo que não se apagava. As bolhas se espalhavam gigantescas com a fervura da água e o horror se levantava no coração das crianças que observavam tudo em volta, esperando que a água evaporasse e a tâmara saísse cozida para secar ao sol. Cada criança ganharia vintes baissas por cada esteira cheia de tâmaras devidamente enfileiradas para que o sol tocasse em cada uma delas por igual. Era uma celebração anual, e Salman se dispunha a viajar duas ou três vezes para a Índia com toda a colheita de exportação. Sempre retornava com livros de viagem e relatos dos piedosos para Althurayya, com sedas, colchas de seda, almofadas douradas, caixas de madeira entalhadas, potinhos de kohl em prata trabalhada, especiarias e chá. Salman expandiu sua loja.

Quando os marinheiros saíram, o céu choveu uma chuva amarela e Althurayya vestiu sua roupa branca de luto pela terceira vez em sua vida, mas dessa vez cobriu os espelhos da casa por vontade própria; apesar da confusão mental dentro dela, era impelida a não acreditar na morte de Salman e de que agora habitava as entranhas de uma baleia. Passados pouco mais de dois meses, Salman retornou com seus lucros, abrindo sua loja para a luz, com risos e mercadorias novas. Althurayya se livrou do luto como um pesadelo imenso e disse feliz: "Sabia que você ainda estava vivo!".

Salman, no entanto, morreu pela segunda vez quando o parente que o acompanhou até Mumbai para um tratamento cardíaco voltou para dizer que o havia enterrado com as próprias mãos num cemitério muçulmano dali. Os médicos indianos haviam falhado em diagnosticar a doença. Seu coração, que já não suportava mais nada além do amor por Althurayya, não resistiu e colapsou. Nos últimos momentos de vida, revelou-lhe como a vira pela primeira vez ao retornar de Zanzibar: uma menina de olhos perplexos entontecidos pelo abandono, cujas mãos finas já haviam enterrado um filho e dois maridos antes que aprendessem a trançar os próprios cabelos.

Desta vez, o coração da mulher colapsou, a lança da certeza da morte do marido atravessou-o de um lado a outro. Althurayya sentiu — com toda ingenuidade — a mesma vergonha que sentiu no dia de seu casamento. A vergonha que a fazia pensar que ela não merecia esta dádiva. Seria inaceitável que ela, depois disso, fosse feliz, se embelezasse e se casasse tendo já enterrado dois maridos. Sentia esse impulso inocente quando Salman morreu pela segunda vez. Ao se dar conta de sua morte, sentiu a vergonha uma outra vez. Dessa vez, sentia sua própria vida, o ar que respirava, o sabor da comida, e seu caminhar entre os vivos. Sentiu que não lhe era mais permitido viver e permanecer se ocupando com as futilidades deste mundinho. A lança da certeza da morte de Salman penetrara seu coração, devagar, mas com firmeza, até que seu coração colapsou como o dele e, em pouco menos de um ano, ela o alcançou.

Althurayya morreu e foi enrolada na colcha enviada de presente por sua filha Hassina, ainda noiva em Burundi com sua primeira carta. Já estava desbotada, apesar de Althurayya não tocar nela, esperando usá-la quando sua filha retornasse para os seus braços. Depois, havia pedido que, quando morresse, essa fosse sua mortalha.

Perfeição

Nuvens de pássaros se preparavam para a longa migração de inverno. Estávamos no gramado do lado oposto da faculdade, cobertas com nossos casacos, segurando o café quente em copos de papel. Cristina dizia a Kuhl: "Não vejo problema! Você ama Imran, case-se com ele. Seu pai te ama, ele vai entender". Ela quase saltava enquanto falava. Não era possível imaginá-la sem essa vivacidade e magreza, assim como não era possível imaginar Kuhl sem o olhar apaixonado e o sorriso dos sonhadores.

"Cristina, eles não vão entender..." Kuhl segurou nos braços dela.

Cristina ajeitou os cabelos curtos loiros: "Então, se abre pra sua mãe primeiro".

"Minha mãe?", Kuhl riu com ironia. "Quando eu e Surur decidimos vestir o hijab, ela se recusou a ir conosco ao teatro ou ao restaurante com medo de suas amigas nos verem".

"Pra sua mãe, você tem que ser perfeita", eu comentei com voz fraca.
  "Ah, a mãe moderna! É obrigação do filho carregar a responsabilidade de sua felicidade e garantir que jamais se decepcione, porque tudo em sua criação foi planejado."

"O desvio desse plano materno seria imperdoável?", Cristina perguntou.

"Claro", Kuhl afirmou. "O que preocupava nossas avós era garantir aos seus filhos uma vida que fosse possível, mesmo que em circunstâncias e sob cuidados de saúde precários. Mas as mães modernas estão preocupadas em pôr seus filhos numa agenda."

Por isso as avós se sentiam menos culpadas e aceitavam melhor as doenças, a invalidez e a falta de inteligência dos filhos, eu pensei.

Kuhl, rindo incontrolavelmente, comentou: "Nossas mães demandam de nós a perfeição porque viemos ao mundo delas de acordo com o plano preciso e calculado, e somos ainda mais intransigentes que elas nesse quesito".

"Eu, pessoalmente, limitei meus sonhos a um único filho", disse Cristina.

"Já tem um plano pra ele", dissemos eu e Kuhl em uníssono.

"Mas isso seria a mesma coisa que eu não permitir meu filho me decepcionar?", ponderou Cristina.

"Claro que sim. Da mesma forma que minha mãe não me permitiria decepcionar os sonhos dela com relação ao meu casamento com alguém de uma família socialmente superior à minha, se ela não estiver satisfeita."

O voo dos pássaros ocupou nosso olhar. Será que Sumayya decepcionou os sonhos de minha mãe quando parou de falar depois do afogamento de seu marido?

A graça da felicidade e tranquilidade de consciência de Sumayya Dínamo haviam sido destruídas para sempre.

A graça da satisfação de minha mãe, também. Ela foi invadida por crises nervosas que a levaram novamente para os tempos em que tinha os abortos espontâneos. Depois de Sumayya ficar viúva e muda, minha mãe voltou a vagar insone pelos cômodos da casa de noite, como fazia quando Sufiyan nasceu.

Não suportava o silêncio de Sumayya. A viuvez da filha tão moça nessas circunstâncias desastrosas. Era inaceitável que ela perdesse a voz e desistisse da capacidade da fala dessa maneira. Isso era demais para ela.

Eu olhava para o sorriso irônico de Kuhl e pensava que a maioria das mães era como a minha, não pariu mais de três, e nenhum deles se aproximou da perfeição.

Teatro

Após se formar na King's College, a mãe de Kuhl tentou trabalhar como diretora de teatro. Chegou realmente a marcar dois ou três encontros com Hanif Kureishi para apresentar suas ideias. Ela acreditava que ele lhe ajudaria porque "todos os descendentes de paquistaneses deveriam ajudar uns aos outros em Londres", como seu pai sempre repetia. Mas a mãe de Kuhl desistiu dos sonhos de receber apoio ou da própria carreira no teatro. Ficou satisfeita em frequentar os teatros e os coquetéis de seus velhos amigos, para quem as cortinas dos palcos se abriram mais que para ela. Ela vestia seu vestido de festa preto, decotado nas costas, e deixava os cabelos negros caírem soltos pelo decote. Não deixava transparecer o cansaço por se manter por horas sobre o salto alto, parecendo a uma personagem ou outra das peças de Hanif Kureishi.

Em uma dessas festas, encontrou um homem bonito que veio a Londres para firmar um acordo financeiro sobre obras de arte. Não morava na cidade como ela, mas em Karachi, onde dirigia o maior banco do Paquistão. Ela era uma moça muito bonita e já havia perdido a ambição pela carreira no teatro. Aceitou de pronto a proposta de casamento, com a condição de que ele comprasse para ela um apartamento em Londres, onde pudesse passar o verão, e não lhe obrigasse a ter filhos. O banqueiro se sujeitou e realizou duas cerimônias: uma em Londres, com vestido branco, e outra em Karachi, de punjabi vermelho.

Passados três anos de felicidade, a moça recém-casada percebeu que não teria lugar na família do marido se não se dedicasse à maternidade. Planejou a gravidez em todos os detalhes, seguindo todas as prescrições para que concebesse um filho homem, mas engravidou de uma menina. Três anos depois, tentou uma outra vez, menina. Desde então, viu que, se não parasse essa torrente sem fim, passaria por cima dela, acabando com seu corpo, com sua liberdade e com os mimos de seu marido. Deu-se por satisfeita com Kuhl e Surur.

Conforme Kuhl ia crescendo, a decepção de sua mãe com a maternidade ia aumentando. Quem acreditaria que essa menina, com esse cabelo encrespado, com esse rosto assimétrico e com esse corpo rechonchudo era sua filha? *Sua* filha, dela, que depois do casamento e das filhas ficara ainda mais charmosa, mais amável e elegante. Assim, a mãe de Kuhl se afastou da esperteza e distinção da filha e preferiu sua irmã mais nova. Surur, de beleza pacífica, era a preferida.

Embora a inveja fosse esperada entre as duas irmãs, ela não se manifestou. Kuhl ocupou-se em criar para si mesma um universo particular. Surur tratava a irmã com respeito e amor misturado com um sentimento profundo de culpa. Era como se pedisse desculpas por ser mais bonita e delicada e ser a predileta da mãe, que não suportava quem não lhe fosse semelhante.

Minha mãe não tinha preferência por nenhum de nós, talvez não tivesse estima por nenhum de nós. Bint Aamir sempre se ocupou de todas as nossas demandas. Tratava todos nós com o mesmo rigor. Talvez gostasse mais de Sufiyan? Não me lembro. Os seis anos que nos separavam colocavam fim em qualquer possibilidade de ciúmes e fixaram meus olhos na parede, onde Sumayya estava pendurada.

Homem de gelo

Surur deu um passo para fora de nosso triângulo porque eu não pude compactuar com seu aborrecimento. Um aborrecimento digno dos piedosos que sempre apontam o erro dos outros. O aborrecimento dos perfeitos em relação aos que carecem de perfeição, aos que persistem no erro. O erro de sua irmã, Kuhl, especialmente, o erro do amor. Imperdoável.

Antes de Surur dar um passo para fora de nosso triângulo, me disse que Imran parecia a palha frágil e inflexível agarrada a uma coluna de mármore. Mesmo que aumente sua firmeza, sua fragilidade prevalecerá e escorregará do mármore para ser levado pelo vento para bem longe, como qualquer folha seca. Depois disso, empurrou com seus dedos delicados — nem por um só dia queimados pelo toque do amado — o lado do triângulo e o deixou, sem olhar para trás. Imran já não era mais, apesar do corpo delgado, distante, uma palha, mas ocupou o lugar da haste que se descolou.

Kuhl me disse algo sobre a limitada atenção dele para com as outras pessoas. Para mim, a coisa era bem o contrário disso.

Em Lahore, durante sua única experiência numa excursão da escola de seu remoto vilarejo, a visão da intersecção das linhas do horizonte com as torres do castelo deixou uma marca em sua mente para sempre. Tentou chamar a atenção de seus colegas para essa marca ímpar, mas percebeu que seus colegas sentiam apenas o que era tangível, enquanto sua percepção transcendia esse nível. Em Lahore, sentiu pela primeira vez que nas profundezas deste mundo há uma pequena abertura, de onde se esvai o tempo. Seus amigos debocharam dele quando tentou partilhar a ideia da extraordinária abertura do tempo. Desde então, trabalhou insistentemente, ocultando sua verdadeira natureza, para desenvolver métodos de defesa em relação à potência humana de ameaça.

Estendi minha mão para Imran e vi meu dedão deformado e preto. Dei um passo em direção a ele e meu salto se estendeu. Fugindo dos chamados de minha vó em seu isolamento, minha cabeça começou a girar na neve, se chocou contra o peito de Imran, um peito feito de pedra, e se partiu. Minha cabeça se estraçalhou na rua, de seus estilhaços as crianças fizeram um boneco de neve. Vi meus olhos nos olhos dele e meu nariz esmigalhado na cenoura de sua face.

Passei a noite inteira assistindo à neve. Liguei para falar com minha mãe, meu pai e Sufiyan. Mandei meus cumprimentos a Sumayya. Certa vez, minha mãe passou o telefone para eu falar com ela, mas na realidade ela não conversa, o que me impediu de pronunciar qualquer palavra. Não era possível iniciar uma conversa. Ela tinha que falar alguma coisa: "Abla Hiba é um chabati queimado" ou "Fure Fattoum com um lápis se ela te atacar", ou "Não grite mais como você fez no enterro da minha vó", "Cuidado para os meninos não destruírem as tumbas dos lagartos e os rabos delas se transformarem em chicotes que vão nos perseguir", ou "Se o lagarto nos atacar, ele vai grudar em nós e não nos deixará até que você chame por sete vacas no céu e sete vacas na terra", ou " Faça a vó entender que Samira

Said não é Samira Tawfiq", ou "Leve você arroz pra vó porque eu tenho trabalho". Mas você não diz nada. Eu me calei até que minha mãe pegou o telefone de volta e desligou.

Sumayya me ensinou a como me esgueirar pela cozinha de dia para misturar leite em pó com açúcar e encher a palma da minha mão. Foi ela quem me alertou a nunca reconhecer que não tinha memorizado os textos para a aula de Recitação. Ao contrário, me deu o conselho de sempre me sentar na última cadeira da última fileira e memorizar pela repetição das outras alunas. Ela me ensinou a como dizer "aay luf you" para o filho loiro da professora de Inglês. Sumayya me obrigava a fingir que precisava de mais dinheiro para comprar lápis de cor para a aula de Desenho, para ela comprar fitas novas de Mustafa Qamr. Colávamos penas de galinha nas costas de Sufiyan e fingíamos que íamos jogá-lo do alto do muro para ele voar. Tudo isso, porque queríamos ver minha mãe, que nos observava, correr descalça pelo quintal em nossa direção para nos impedir de empurrá-lo enquanto Sumayya gritava: "A filha da coroa real está correndo descalça". Meu pai corria atrás de nós com chicotadas depois de Sufiyan nos difamar.

Tínhamos confiança na vida, e agora eu me pego murmurando: "Mais do que deveríamos". Tínhamos confiança em nossa juventude, em nossa felicidade, em nosso destino, em nossa casa. Tínhamos muita confiança na inexistência da palavra colapso. Andávamos pelas ruas de mãos dadas como se o entrelaçamento só pudesse ser desfeito pela morte. E a morte era apenas um ser distante e misterioso e não havia razão para estragar a felicidade pensando nela. A casa era nossa, não éramos perturbados com a menor das dúvidas sobre isso. Os sofás, as camas, as almofadas, as janelas, as maçanetas das portas, o cassete Sony e as mochilas da escola. Isso tudo pertencia a nós. Nenhuma dúvida nos atormentava, nunca nos abalamos. Colávamos nossa face sobre o tapete antigo da sala para imaginarmos os reis dos jinns pendurados no candelabro no teto: isso era felicidade.

As árvores que minha vó plantou no jardim eram nossas, as plantas que cresciam nos vasos, as roupas penduradas no varal, as cartas abertas nas gavetas, as colheres, os garfos e as facas, os pratos nas prateleiras da cozinha. Era nossa a fragilidade da minha mãe, a firmeza da minha vó, a chegada do meu pai com os presentes das viagens, os distúrbios de Sufiyan, era tudo nosso. Nunca duvidamos, nem por um momento. Nunca questionamos nem uma só vez. Eram nossos os acertos e os erros. Havia certeza, satisfação e felicidade. Os dicionários criaram a palavra colapso depois.

Nunca riscamos os dias no calendário pendurado na parede nem nunca viramos suas páginas. Nunca guardamos jornais velhos. Não preenchemos os álbuns nem penduramos as fotos. Nunca poupamos sorrisos e danças nem contamos copos de chá e xícaras de café.

Talismã

A febre derrubou Imran, Kuhl e eu nos enchemos de preocupação. Decidimos, depois de muita hesitação e cálculo, que iríamos visitá-lo no pequeno apartamento que dividia com mais cinco alunos paquistaneses. "Vamos dizer que somos parentes dele", Kuhl comentou. Mas ninguém perguntou nada.

O prédio não tinha elevador e o andar térreo era ocupado por um pub antigo. Subimos os quatro lances de escada em silêncio. Kuhl ia na frente e eu atrás. Paramos em frente à porta do apartamento hesitantes. Kuhl arrumou o hijab e repetiu: "Vamos dizer que somos parentes dele".

Batemos na porta e um moço alto com fones de iPod no ouvido abriu para nós. Kuhl o cumprimentou em urdu, mas ele não ouviu, abriu caminho para nós e deixou a porta aberta. Paramos no meio da sala, havia peças de roupas jogadas por toda parte. Caixas de pizza vazias empilhadas sobre a mesa com latas de refrigerante meio cheias. O moço apontou para o quarto à direita e nós entramos.

Kuhl foi direto para a cama onde Imran dormia e eu permaneci na porta. Ela se inclinou sobre ele com abraços e lágrimas, enquanto eu comecei a tremer. Esse quadro já fora pintado anteriormente comigo fora dele. Esse é o amor deles e eu estou à porta dele. Eu sou testemunha, mas também estou sendo observada. A imagem do quadro está bem fechada: trata-se de dois amantes abraçados. Eu — pela rigidez das cerdas do pincel — estou parada sem chão, sem cor. Fiquei perdida no quarto que ficara ainda mais quente com a febre de Imran. Havia uma cortina de contas coloridas pendurada para separar o quarto do corredor escuro que talvez desse para o banheiro. A luz baixa refletia-se sobre a cortina, que piscava incansável. Um pôster imenso do jogador de críquete Imran Khan na parede detrás da cama chamava atenção. Eu não sabia se Imran era fã de críquete ou não.

As roupas dele estavam penduradas em um armário de plástico — do tipo que se pode desmontar — extremamente organizado. Não me parecia que havia qualquer relação entre o quarto dele tão arrumado e a sala da casa. Como se o quarto de Imran fosse um erro encontrado na casa. Eu queria estender minha mão, tocar a camisa de Imran e passear meus dedos pelos botões em que Kuhl me disse ter pendurado sua própria alma. Sobre a mesinha se via alguns livros grandes alinhados, e sobre eles um estetoscópio. Por um momento, imaginei Imran auscultando meus batimentos com o estetoscópio enquanto ríamos como em uma brincadeira boba. Ouvi sua voz me chamando. Ele percebera minha presença. Eu me aproximei dele, deles. "Espero que esteja melhor", olhei nos seus olhos. Ele sorriu com languidez e se encostou meio sentado. Ele vestia uma camiseta branca e gotas de suor escorriam pelo seu pescoço. Eu queria estender minha mão para limpar as gotas de seu suor, mas Kuhl estava ali e o fez.

Limpou com a própria mão. Eu pensei em como eu adorava isso: a mão dela no pescoço dele. Desejei que a mão de Kuhl permanecesse ali e eu a olhar e olhar e olhar. Ele disse que era um camponês forte como um touro e que não demoraria muito para ficar bem. Kuhl riu, limpando suas lágrimas, e as veias das têmporas de Imran latejavam. As pálpebras dela tremiam e meu coração tremulava como um pássaro velho.

Kuhl se ajoelhou perto da cabeça de Imran e eu fiquei perto dos pés dele. Ela não parava de tagarelar e tudo nela era amor. Imran às vezes olhava para ela, às vezes olhava para mim. A luz baixa do quarto nesse dia tão nublado não ofuscava o brilho dos olhos de Imran me olhando. Ele me olhava e acendia o lugar, acendia meu peito. Eu sentia o suor dele escorrendo pelo meu pescoço e sentia as lágrimas de Kuhl descendo pela minha face. Eu ouvia o som dos campos na risada alta de Kuhl e via a recuperação de Imran se antecipando em seu sorriso misterioso. Ele me pediu para pegar um suco para nós na cozinha, com a despretensão do homem que pede algo para a irmã ou para a sua esposa.

Tentei encontrar copos de suco, apesar do imenso caos naquela cozinha. Abri uma das gavetas e vi umas tigelinhas de plástico colorido empilhadas uma dentro do outra. Eu conhecia esses recipientes muito bem e sorri pela memória distante.

Nossa vizinha Cheykha estava sempre reclamando do sumiço de suas tigelinhas de plástico, que ela lavava sentada na mureta da falaj. Bastava terminar de lavar o restante das vasilhas para os potinhos já terem desaparecido. Era então obrigada a voltar para casa com a bandeja de vasilhas sem os potinhos coloridos.

Sumayya decidiu formar "a equipe do Sherlock Holmes para descobrir o segredo das tigelinhas, conduzida por Sumayya". Minha tarefa era vigiar o lado direito do canal da falaj, e o de Sumayya o lado esquerdo. Logo, descobrimos que Fattoum estava roubando as tijelinhas de plástico. Seguimos Fattoum, que se esgueirou pelo primeiro baixio da falaj, onde as mulheres se banham escondidas pelas construções simples cobertas com telhado. Em cada um dos baixios seguintes, na escuridão, num buraco desde o primeiro baixio, Fattoum colocava seu excremento em um dos potinhos e o deixava sobre a água, para correr pelo canal da falaj no baixio seguinte, onde uma mulher concentrada no seu banho gritaria com a visão horrenda.

Sumayya foi para cima de Fattoum e nossa vizinha Cheykha se ocupou de bater nela com seus chinelos de sola grossa. A equipe Sherlock Holmes cumpriu sua missão, mas um dia caiu nas mãos de Fattoum e seu irmão Ulyian todas as vezes em que Sumayya não estava presente. Eles descobriram com facilidade meu ponto fraco: meu cabelo. Ulyian puxava meu cabelo com força enquanto Fattoum jogava terra em mim; nunca consegui me livrar dos dois até minha vó ameaçá-los e me salvar.

Voltei ao quarto com o suco de abacaxi de que Kuhl tanto gostava. Agora, estava com o rosto sereno. Será que Imran planejou minha saída do quarto para beijar Kuhl? "Imagine só, o digníssimo doutor não está tomando nenhuma medicação", Kuhl disse com certa alegria e Imran sorriu. Seu charme ficou ainda mais evidente com a febre, que reluziu sua face com uma espécie de véu translúcido. "Vocês médicos dizem o que não fazem!", eu brinquei com eles.

"Minha mãe sempre combatia febre pendurando amuletos no meu pescoço", Imran comentou. Puxei a única cadeira do quarto e me sentei de frente para eles. Assim formávamos um triângulo, e eu contei a eles.

Eu tinha nove anos quando uma febre me derrubou. Meu pai me levou ao centro de saúde e voltamos com uma cartela de remédios que não fazia efeito nenhum. Parecia que eu começara a delirar enquanto minha mãe caía no choro. Meu pai levou-a para a cama e chamou sua mãe para passar a noite cuidando de mim. Minha vó pegou a cartela de remédios e jogou na lata de lixo. Foi até a casa de nossa vizinha Cheykha e trouxe um ovo fresco que uma de suas patas botara naquela manhã. Pediu para meu pai escrever nele o *sad* ص nove vezes em três linhas e que na quarta linha escrevesse a palavra ةيطمجع. Depois minha vó pegou o ovo, embrulhou num trapo de linho e assou no fogo os dois juntos. Ela me fez comer o ovo e amarrou o trapo na minha mão esquerda. No dia seguinte, Sumayya fingiu que estava doente para minha vó fazer um ovo milagroso pra ela também. Apertou as bochechas até ficarem vermelhas e ficou do lado do fogão para esquentar. Correu atrás da minha vó, querendo o ovo. Minha vó achou suficiente macerar um pouco de semente de coentro seca com açúcar branco e deu para que ela comesse. Depois prendeu no pescoço dela um talismã para febre, que nossa vó Althurayya escrevera para nosso pai quando ele era criança. Foi só minha vó se ocupar com a comida de Sufiyan para Sumayya abrir o talismã e começarmos a ler o que estava escrito nele:

B-Ismi-Llah ar-rahman wa ar-rahim. Recorremos a Deus, nosso melhor refúgio. La hawla wa-la quwa ila bi-Llah. Deus, altíssimo e grandioso. Que nos enviou o Alcorão, nossa cura. Oh, febre, afaste-se de Mansour Ben Salman.

Sumayya ficou furiosa porque não era o nome dela que estava escrito no talismã. Ela deu fim à mentira de sua aparente febre para voltar a construir mais túmulos de passarinhos e lagartos nos arredores da nossa casa.

Kuhl caiu na risada com a história, Imran bateu palmas: "Conta mais!".

Mas não havia mais nada para ser contado. A febre nunca mais voltou, minha mãe, no entanto, não se livrou das crises de choro.

No caminho de volta, Kuhl colocou a mão na minha. Uma mão morna e macia que acabara de limpar o suor do amado havia alguns instantes. Ficamos em silêncio e uma tranquilidade repousava entre nós. Era apenas uma febre, ele se curaria bem rápido.

Depois de dois dias, voltei até lá sozinha. Parei em frente ao bar e levantei a cabeça para distinguir a janela de Imran. Permaneci por alguns instantes tentando seguir o reflexo da luz sobre a cortina de contas. Subi as escadas. Subi dois andares. Vislumbrei na minha mente o colar de contas da cigana que passava mendigando no meu vilarejo. Vi seu sangue escorrer ao lado do colar aberto na terra e eu perdi os sentidos. A mão macia de Kuhl deveria estar na minha mão para me sustentar. Dei meia-volta. Assim que cheguei à rua, corri com todas as minhas forças.

Enlouquecendo de alegria

Eu tinha uns nove ou dez anos quando ouvi a palavra "Kaafa" pela primeira vez. Eu estava pulando corda sem parar no quintal e seguia Sumayya com o olhar, que enrolava a saia do vestido na saruel para escalar o muro e ficar se balançando na beirada, se preparando para pular. Ela desafiava as crianças da vizinhança a escalar o mais rápido possível e saltar de um muro para o outro. Tentei imitá-la uma ou duas vezes, e só ganhei ferimentos no rosto, nas mãos, nos joelhos como sinais da queda. Então me dei por satisfeita só por observá-la e encorajá-la na competição de escalada.

Às vezes, Sumayya me incumbia da tarefa de vigiar o cemitério, num canto do lado de fora, poucos metros depois de nossa casa. Eu era forçada a ficar parada no sol, com medo de que uma das crianças violentas em bicicletas destruísse os pequenos domos de barro que Sumayya tinha construído ou que um deles escavasse o cemiteriozinho e tirasse os cadáveres dos pássaros, dos lagartos e insetos "Abu Zaid". Sumayya tinha o cuidado de juntá-los e enterrá-los em fileiras organizadas de acordo com a espécie do morto. Eu nunca soube se era ela mesma quem matava esses seres para realizar o ritual ou se já os encontrava mortos.

Minha vó desistira de brigar com Sumayya por causa do cemitério. Ela se sentava como de hábito na sombra da Narinja com Sufiyan no colo, que não tinha nem dois anos. Alimentava meu irmão com arroz com leite e nossa vizinha Cheykha se sentava de frente para ela. Isso antes de ela perder o juízo. Minha vó tentava obrigar Sufiyan a terminar o prato, e ele tentava escapar de seu colo. A vizinha Cheykha reclamava: "Deixa esse menino, Bint Aamir, você já tem quase setenta anos, não tem mais energia pra educar criança". Minha vó nem olhava para ela e deixava que ela continuasse com suas conversas de sempre: "A gente cria eles, se cansa e eles partem. Assim foi com meu filho. Criei, passei noites em claro cuidando dele, e onde é que ele tá agora? Não sei se tá vivo ou morto — Que o mal não lhe toque! —, mas é claro que tá vivo e que vai voltar. Enfeitiçado, ya habbat ainy, por aquela jinniya incrédula que levou ele dos meus braços. Eu, a vida toda, nunca tive um pingo de sorte, ya Bint Aamir. Minha família me casou com um homem doente. Vivi com ele seis meses e o homem morreu. Me deixou grávida do menino, sem eira nem beira. Era um homem bonito, mas morreu. O homem foi arrebatado na minha frente igual sonho da noite quando amanhece, ya Bint Aamir. Me colocou debaixo das asas dele, e quando acordei já tinha partido. O homem foi arrebatado da minha vida igual sonho da noite, ya Bint Aamir, igual sonho da noite…"

Bint Aamir finalmente arfou na cara dela: "Pelo menos foi arrebatado".

Cheykha se calou e fingiu observar Sufiyan, que aprendera a brincar com as duas mulheres de esconde-esconde e pega-pega e encher seu prato com terra.

Sufiyan nascera por último. Depois de minha mãe ter dois abortos e num momento em que as pessoas esperavam que ela enlouquecesse de alegria. Enlouqueceu de tristeza e insônia. Foi assomada pela mais violenta crise de depressão pós-parto, num grau que ela não podia segurar o bebê nem o amamentar. Passava as noites examinando os cômodos no escuro e seus dias eram intercortados por choro e pavor de machucar a criança. Minha vó tirou o bebê dos braços da mãe aterrorizada e mudou o berço branco dele para o quarto dela.

As vizinhas mexericavam umas com as outras que Bint Aamir amamentava Sufiyan secretamente como havia feito antes com seu pai, Mansour. Os seus quase setenta anos não impediram que o leite jorrasse de seu seio apenas para que as crianças fossem unidas a ele. Minha vó, da mesma forma que criou Mansour em silêncio, também criou Sufiyan em silêncio, não ficava de conversinhas com ninguém.

Quando minha vó e a vizinha Cheykha observavam Sufiyan com o prato de arroz com leite, minha mãe já tinha se curado da depressão e aceitado o filho, mas a situação continuou do mesmo modo de sempre. Minha mãe se ocupava de seus assuntos pessoais e minha vó se ocupava dos assuntos das crianças. Não tinha felicidade pessoal, toda sua felicidade era derivada da felicidade que dizia respeito a eles.

Eu estava ali por perto e já tinha cansado de pular corda. Fugira da minha tarefa de vigiar o cemitério de passarinhos e lagartos quando escutei a vizinha Cheykha dizer para minha vó: "Se seu filho, Mansour, amasse a coitada da mulher dele como amava Kaafa, a incrédula, a loucura não teria tomado conta dela depois de dar à luz. Alhamdulillah que Deus foi bondoso e curou ela".

Eu era todo ouvidos, mas minha vó resmungou com voz sufocada: "Não me fale na história de Kaafa. Que Deus lhe traga seu filho em segurança".

A vizinha Cheykha suspirou de tristeza. Não suportava que minha vó reprimisse os comentários sobre as histórias e lembranças que tinha.

Precisei esperar alguns anos mais até vir a saber da mítica história de amor do meu pai.

O primeiro amor do menino

Althurayya seguiu o marido, que havia sido enterrado como estranho em Mumbai. Fora enterrada com a mortalha feita da colcha da filha Hassina — que imigrara recém-casada e nada se sabia a seu respeito desde então. A melancolia da casa rodeava Mansour, e o lamento de Bint Aamir por sua amiga o torturava, até que ele a ameaçou dizendo que aquele choro todo passaria por apenas um de seus olhos e, então, saía pelos becos em busca de companhia.

Ele estava no caminho tortuoso e vacilante do período entre a adolescência e a juventude, que aos dezessete anos lhe retirou toda a radiância, deixando em seu lugar o fardo. Fora sobrecarregado pelas próprias ocupações, além da loja, da casa e da plantação que herdara do pai. Caíra em um estado de confusão diante da orfandade inesperada e da liberdade repentina. Tentou deixar de lado sua orfandade, mas não sabia ser livre. Disse a Bint Aamir que a loja permaneceria fechada pelo luto. Perambulava por ruas e becos, competia com os outros rapazes, atravessando a nado o tanque formado pelas chuvas. Disputava com eles quem derrubava mais pássaros com estilingue e pedra. Pegou a espingarda do pai, lustrou-a e saía em expedições para o deserto que duravam dias e, na maioria das vezes, só voltava depois de ter caçado alguns pássaros e coelhos silvestres.

Ao retornar encontrava a cama feita e o jantar quente. Bint Aamir não puxava mais sua orelha, tampouco lhe chamava a atenção. Não queria sufocar Mansour: ela não era sua mãe e ele já era um homem.

O verão chegara e com ele os beduínos, para negociar o arrendamento da produção das tamareiras, com a manutenção de sua posse. Arrendou uma das plantações e ficou com a outra. Seu novo entretenimento era ir com os colegas assistir aos beduínos colherem as tâmaras no mais alto das palmeiras, enquanto suas mulheres se sentavam no chão em círculo, secando os frutos e enchendo seus cestos de folhas de palmeiras com o fruto bom e separando o ruim para alimentar seus animais.

Não tirava os olhos das mocinhas até perceber que trocavam olhares umas com as outras, planejando se atirarem nas águas da falaj na frente dele e de seus companheiros. Organizou para elas o mais atrativo dos shows: abriu os braços, inflou o peito nu e seus amigos enfileiraram escorpiões — que passaram dias caçando — no corpo de Mansour. As criaturinhas mortíferas passeavam sobre a pele dele como se caminhassem em direção à casa delas.

As mocinhas gritavam de pavor, eram repreendidas pela família e tinham que fugir. Exceto uma delas.

Permaneceu olhando a demonstração sem se mover e sem dar uma palavra. Quando Mansour terminou de tirar os escorpiões, que não lhe fizeram mal algum, ela balançou os ombros com desdém e partiu.

Mansour seguiu-a por todas as partes, olhando-a com olhar insistente, sensibilizado pela orfandade e severidade do sofrimento de uma hombridade repentina, mas a moça não o olhava de volta.

Seguiu a moça o verão inteiro. Já não tinha mais para onde ir, ela era seu único destino. Ele ia aonde quer que ela fosse: para as plantações de dia, e de noite para o deserto, onde estava o rebanho de seu pai.

Ela tinha a cor da primeira juventude, a exuberância prazerosa do despontar do amanhecer e a delicadeza de sonhos misteriosos.

Os desejos de Mansour eram muitos, tantos que era difícil refrear. Rios de águas quentes e violentas rebentaram dentro dele. Kaafa inundou suas entranhas com uma corrente só, como um vento impetuoso.

Enxergava nela uma mistura do bem, da alegria, do voo, dos espelhos, do cardamomo, do gengibre, do âmbar, da oração do fajr, a pele do tigre pendurada na parede de sua casa, presenteada pelas gêmeas.

E disse a ela em voz alta, como se tivesse acabado de sair de um sonho maravilhoso: "Casa comigo".

Kaafa era pura serenidade, expressão da beleza; mas, mesmo sob o véu da perfeição, temia certamente o tédio e ansiava por uma liberdade para além dos limites dos céus. Fora criada num aarich de folhas de palmeira próximo do rebanho de camelos de seu pai. Era um aarich feliz, apesar da presença da esposa do pai e de suas filhas. Apesar de encher de fumaça e do cheiro que se espalhava do pão enterrado na areia misturado ao estrume do camelo dali de perto. Ela tinha um único amor: o pai.

O verão passou e sussurrou a Mansour, coquete, o que significa a recusa e o aceite, a abundância e a escassez: "Estou nas mãos do meu pai".

O perdão

O pai não podia perdoar que sua filha fosse para a casa de um outro homem. Sim, este "outro" homem fizera tudo por ela. Chegaram ele e seus parentes com conversas pomposas, tomaram café, ofereceram o dote, fizeram o casamento, e ela partiu e o deixou. Ele. Deixou-o fraco, necessitado, em estado de comiseração. Ela o deixou. Ela, a mais próxima do seu coração entre as mulheres, a mais cara à sua alma. Sem pensar o deixou por outro homem, o estranho, que a desejava, desejava ter filhos e desejava que dissessem: "Fulano agora tem uma casa. Deixou-o, seu pai, que não desejava nada, nunca foi avarento, que a amou mais do que a qualquer uma de suas mulheres, de suas irmãs, de suas filhas, mais do que as suas camelas e rebanhos. Deixou-o e partiu, por escolha, feliz e adornada, com outro homem". O estranho, o almofadinha, nem havia terminado o verão e o arrendamento da produção de tamareiras, veio pedir a mão da filha deles. Tomou café, cheio de pompas, pagou o dote, para que ela comprasse o ouro e a seda. Gritou de dor: "Que ouro e que seda? Eu venderia algumas cabeças de cabra e eu mesmo compraria para ela ouro mais puro do que este e a mais fina seda, mas ela não pediu absolutamente nada. Pegou seu dote, comprou o que quis e partiu satisfeita da minha casa para a casa do outro homem".

O pai nunca tornou pública a dor de sua alma, tampouco a sensação amarga da traição. Sabia o que as pessoas jogariam na sua cara, as velhas repetições: "É o curso da vida... o mundo como ele é. Maktub, está no destino dela frutificar". Aos diabos todos eles! Não é também o curso da vida não se separar da pessoa mais cara ao seu coração? De que vale frutificar se vão embora como ela está indo?

As noites passavam por ele, deixando-o insone. Não conseguia perdoá-la. Ela não via que esse homem estranho não prestaria atenção se seus pés saíssem do cobertor, ele não os cobriria. O estranho não se dava conta de que ela adoeceria se os pés gelassem? Ele era apenas um garoto idiota quando já aquecia o azeite para untar os pés dela, todas as noites, até que o inverno terminasse. E, se dormissem no relento durante as viagens, como esse almofadinha saberia que tinha de pisar fundo sobre a areia em volta da esteira dela para não ser atacada pelos escorpiões? Será que ele examinaria o lugar, em busca de buracos e pedras antes de estender a esteira para dormir com a filha dele? Será que passaria a mão sobre a testa dela para expulsar os maus espíritos? E, se ela pegar friagem nos pés e adoecer, o que o estranho vai fazer? O que ele vai fazer? Ele repetia a mesma pergunta para si mesmo e soluçava de tanto chorar. A mulher com quem ele se casara achou que ele voltara a ter alucinações durante o sono. Ela o sacudia para o acordar e ele só lhe perguntava sobre o amuleto e a febre. A mulher era muito mais nova e para ele era muito doloroso que ela visse sua velhice com comiseração. Reteve suas perguntas repentinas, e ela não sentiu pena dele, mas disse com seriedade: "Você acha que o marido de sua filha é um velho ignorante como você? Esse moço da cidade sabe muito mais do que você. Tem uma casa grande, tem loja e plantações. Ele realmente não precisa fazer a menina passar a noite no relento". Ele se calou, com muita vergonha de si mesmo, do azeite de oliva, dos amuletos, das pisadas na areia. Calou suas perguntas e o choro, mas nunca compreendeu como poderia perdoar que sua filha escolhesse o estranho e partisse de sua casa.

A curiosidade

Mansour sentia como se ele e Kaafa estivessem de pé sob uma cachoeira de águas claras, recebendo sua torrente, seu vigor, se banhando nelas, perfumado pela fumaça produzida por seu impacto na terra. Sentia-se pleno, abundante, transbordando. Ela se sentia por trás da cachoeira, as costas coladas nas pedras. Ela olhava para ele através da queda d'água. Seca, sedenta, espectadora, observando por trás da cachoeira. Observando através da água, as vistas embaçadas. Assim, ela o via: embaçado pelas águas da cachoeira que irrompia.

Recebia a devoção dele a ela com olhar desatento e expressão ausente. Como se este esposo em cuja cama despertou certa manhã, após uma festa marcada, em que as pessoas comeram e cantaram, fosse uma pessoa que buscava apenas satisfazer uma curiosidade e pronto. Poucos meses se passaram até que Kaafa perdesse a curiosidade e se encerrasse dentro dela o desejo da descoberta. Não sabia mais o que fazer nesta casa imensa com este adolescente que lavava seus pés, acariciando-os com pétalas de rosas. A mãe que não o pôs no mundo observava silenciosa a loucura do filho, administrando as plantações que ele herdara ou sentada na loja em lugar dele.

O amor de Mansour era uma ideia. Uma ideia obstinada e agonizante mais do que a realidade objetiva. Às vezes, quando estavam juntos, ela sentia o próprio tédio, como se ela caminhasse sem esperança com o olhar distante, ali onde não se distingue uma planta da outra, nem um tom de verde do outro.

Vez ou outra o som da voz de Mansour ecoava ondas de alegria no peito dela, mas as palavras eram maçantes a ponto de se consumirem e engolfar a si mesmas.

Já estava farta dessa devoção. Queria algo mais humano, para além da felicidade, mais perigoso que este jogo de ininterrupta adoração.

Queria ser surpreendida, mas não havia nada fora do previsto. Queria perder o fôlego, ter expectativa, mas não havia espaço para expectativas. Cada momento, cada detalhe, estava tudo preparado e reluzente aos seus pés.

Sentia saudades do deserto, de correr pela areia e caçar lagartos, pastorear o rebanho de ovelhas e acariciar as camelas. Queria cantar sobre as dunas com seu pai nas noites enluaradas. Já estava cansada das sedas com que o marido queria que se vestisse todas as noites. A vida na casa emparedada lhe dava tédio. As paredes altas pareciam infinitas. O preço da deificação era pago com o corpo e a alma. O corpo sacralizado, por um lado, era desejado, por outro. Realizar as demandas do corpo e da alma juntamente era uma tortura insuportável.

Escorpião

Kaafa partiu e Mansour ficou despedaçado.

Arrastava-se pelo quintal da casa para acalmar o inferno de suas entranhas, mas parecia impossível.

A única tarha com a qual dormia que ela esquecera na casa, agora ele dormia sobre ela. Cheirava o tecido e acariciava seu corpo com ele, até que desbotou. Molhou-a com água da falaj e torceu-a em sua boca, e não se curou.

Virava as noites frias sobre as dunas para ver a fogueira do rebanho de seu pai. Jogava areia em si mesmo enquanto gritava o nome dela. O nome dela nos lábios de Mansour não a trouxe de volta.

O cabelo de Mansour cresceu e Bint Aamir começou a lavá-lo para tirar a terra e trançá-lo, como se ele tivesse voltado a ser criança. Acostumou-se a estender a tarha de Kaafa no sol para secar e Mansour molhá-la de novo e torcê-la na boca. Dava-lhe de beber leite de camela frio, infusão de ervas de árvore da castidade e fervia flores de passiflora com água para arrefecer o fogo das entranhas de Mansour.

As pessoas vinham visitá-lo e Bint Aamir batia a porta na cara delas. Rayya e Rayyah pararam diante da porta, gritando: "Isso é castigo por ter casado antes de cumprir os doze meses de ter enterrado os pais". Bint Aamir abriu a porta e atirou a pele do tigre empoeirada, perguntando a elas: "E qual é a punição para aqueles que se esquecem do favor recebido?"

Mansour continuou atordoado e louco até aquela manhã, em que acordou com uma dor excruciante. Fora ferroado por um escorpião.

Ninguém acreditou que tinha sido ferroado, mas aquela dor colocou-o de volta sobre seus pés. Era o remédio. Guardou a tarha rasgada de Kaafa no armário e voltou a abrir a loja de seu pai.

Imran

A garçonete ucraniana da cafeteria Três Macacos partiu e em seu lugar entrou uma polonesa.

Eu disse a Imran que a minha vó tinha o dedo verde, tudo que plantava vingava. Ele riu. Aquele riso forçado. Disse que ele mesmo crescera como um camponês, mas não tinha o dedo verde. Seu pai sempre tinha que replantar as mudas que ele plantava.

Em que pensava quando fez esse comentário? Em que Kuhl pensava levantando a cabeça sobre suas anotações da aula enquanto ele falava isso? Talvez pensasse nos pastos e campos que os desenhos animados exibiam quando era criança: Heidi e Sandybell...

Imran, por sua vez, pensasse nos safanões e chutes de seu pai.

Kuhl nunca viu as marcas do chicote e do espeto de ferro na alma de Imran. Seguiu com os lábios apenas as marcas de seu corpo e acreditou que estavam curadas. Imran falou com ela sobre o pai pela primeira vez depois de muitos meses que se encontraram. Ela quem lhe perguntou. Viu as marcas no corpo dele e perguntou. Antes de enxergar o corpo de Imran, já tinha rolado na cama com ele na sua imaginação. Estava ardendo em chamas e cada parte do corpo dele já havia se formado diante de seus olhos como numa revelação. Quando o viu, abraçou-o e chorou. O choro rebentou como uma corrente violenta, que levou consigo a camisa punjabi, cujos detalhes ela não escolhera, os sapatos sem graça flat que sua mãe nunca vira exceto naquelas meninas nada atraentes. Todas essas imagens eram consideradas parte permanente dela, que a torrente levou consigo de uma só vez e para sempre.

Eu pensava na minha vó.

Nas profundezas de sua solidão, depois da ferroada do escorpião, Mansour percebeu ser afligido por uma repentina piedade por sua mãe Bint Aamir. Percebeu a deficiência de seu olho, e então teve a ideia dos óculos. Comprou para ela um par com armação vermelho-escuro. Os óculos ficaram pequenos no rosto dela, apertavam sua cabeça dos dois lados quando ela os colocava. Mas eram óculos, um presente de Mansour, a quem amou mais que tudo nesta vida. Trouxe-os sem que lhes pedisse, por isso usou sem reclamar. Desfez-se de seu coração toda a inveja que sentia de Rayya e Rayyah. A corcunda e a míope.

Mansour permaneceu solitário e despedaçado depois do divórcio de Kaafa, apesar de ter voltado para a loja. Minha vó tentou persuadi-lo a expandir as plantações. Queria que ele cultivasse uma nova plantação, então ensinou a Mansour os segredos das plantas: o verde-escuro perfeito, a rega das plantações e o desejo delas por companhia. Não imaginou uma plantação comum como a que herdara de seu pai, cheia de tamareiras, com um ou outro limoeiro ou mangueira. Sonhou com fileiras de plantas medicinais, como aloe vera, mkhissa, uma ao lado da outra, com uma diversidade de manjericão, jasmim, orquídeas, lavanda silvestre e árvores ornamentais. Imaginou dezenas de árvores frutíferas em volta do cultivo de cebolas, batatas, tomates e pimentas. Ouviu nos seus sonhos o murmúrio de águas do canal penetrando na raiz de cada uma das plantas, revigorando-as.

Mansour escolheu o comércio. Solidificou sua aptidão para os negócios em Sur. Aprendeu os segredos e a arte do comércio e não demorou muito para se beneficiar da abertura econômica que aconteceria. Foi revigorado pelos negócios, e poucos anos depois estava noivo da filha de um dos comerciantes de Sur, minha mãe.

A condição imposta pelo pai da noiva era não levar a filha de Sur. Meu pai já estava inclinado a tomar essa decisão. Farto da estagnação de sua cidade, estava determinado a construir uma casa na praia. Bint Aamir se recusou a deixar a casa antiga: "Não vou sair da casa de Salman". Quando a esposa de Mansour veio até ela, disse-lhe beijando sua cabeça: "Venha com a gente, ya Mah. Mansour não pode viver sem você". Minha vó saiu de sua cidade pela segunda vez na sua vida, depois de partir ainda jovem para Mascate no caminhão de carga para encontrar Thoms.

Nunca cultivou o campo com que tanto sonhara. Mansour vendeu as plantações que herdara e investiu nos negócios. Minha vó fora destituída dos seus sonhos no jardim da casa de Sur, cujo solo era muito pobre para frutificar.

"A pior coisa que pode acontecer a um agricultor é não possuir sua terra", comentou Imran.

Nem Imran nem seu pai tinham a posse da terra em que cultivavam. Era arrendada sob contrato nunca finalizado. Quando Imran conseguiu a bolsa de estudos Algha Khan para estudar Medicina, o sonho de seu pai passou a ser o filho retornar como médico para desfazer o contrato da terra. Antes que isso acontecesse, o pai morreu e Imran ainda estava no estrangeiro.

Alto, magro e sempre desprezado pelo pai, enfraquecido, Imran recebia a notícia de seu sucesso embotado pelo barro do chão que não possuíam; jamais voltaria para seu vilarejo. Mesmo nas noites mais gélidas, quando sentia saudades de casa e as lágrimas de sua mãe o impediam de dormir, ao lembrar de como ela tratava dos ferimentos causados pelo chicote e pelo espeto do pai no corpo de menino, mesmo nessas noites ele jurava para si mesmo que não voltaria, que nunca voltaria. Mas o destino tinha outro plano.

O coração é de cerâmica e água

O coração de Mansour era como uma jarra de cerâmica cheia d'água que se partiu com o olhar indiferente de Kaafa. A água que se perdeu, se perdeu para sempre. Naquela época, quando ela acordava dos pesadelos aterrorizada à noite, dizia que era um presságio: "Deveria deixar Mansour, pois ele cortaria a manga da blusa dele para não levantar a cabeça dela adormecida ao lado dele".

Quando ela voltou divorciada por insistência dela para onde se apascentava o rebanho de seu pai, ele sacrificou um cordeiro, festejando o retorno da filha amada à casa paterna. Ele recobrou o equilíbrio da balança diante de sua jovem esposa. Sentia que sua filha Kaafa — órfã da mãe, agora que havia largado o marido para voltar para os braços do pai — estaria em uma bandeja e sua esposa encantada com sua juventude e as filhas dela em outra. Recuperou o equilíbrio e voltou a dormir tranquilo e sereno.

O coração de cerâmica de Mansour foi reparado, mas a água perdida nunca mais voltou. Quando se casou com a filha do comerciante de Sur, depois de mais dez anos, apaixonou-se por ela, devotou-se a ela, e vez ou outra a mimava, mas sem frescor, sem o menor rastro da paixão que o impulsionava a cortar as mangas da blusa e massagear os pés de Kaafa com pétalas de rosa de arbustos inteiros.

Ninguém soube o que aconteceu com Kaafa depois da morte de seu pai.

Ele já tinha posto um fim nas competições com a filha sobre o lombo do camelo, sua voz chiava nas cantatas de noites enluaradas, a mão estremecia se não acariciasse a cabeça dela, agora ela massageava os pés dele com azeite quente e cantava para ele as ternas canções de ninar. Foi tomado pela velhice e quase não distinguia o passado do presente. Começou a chamar a filha pelo nome da mãe. A paralisia das pernas o incapacitou e sua esposa insistiu para que ele usasse fraldas. A imensa autoestima que tentou manter diante dela durante uma vida inteira se estilhaçou e não encontrou maneira de sustentar seu orgulho demolido pela velhice e pela invalidez. Divorciou-se dela. Lançou na cara de sua esposa a declaração do divórcio. Ela deixou o quarto dele sem contestar e se mudou com as filhas dela para outra dependência da casa. Kaafa se tornou responsável pela velhice e honra do pai até ele morrer.

Após a morte do pai, Kaafa abandonou o rebanho e não se ouviu notícias dela nunca mais.

A noite da predestinação

Terminamos de comer a torta de maçã com sorvete. Eu estiquei um pouco as pernas e Imran reparou nos meus sapatos vermelhos. Comentou que gostava da cor e eu respondi que era feito de pele de verdade. O silêncio pairou e Kuhl voltou às suas anotações da aula. Eu conversei um pouco com a garçonete polonesa, que me contava que era aluna de Biologia e havia trabalhado limpando vidraças e cuidando de crianças para conseguir pagar os estudos. Disse que seu sonho era permanecer na Europa Ocidental.

"Ah, esses sapatos! Parece que foram feitos com a pele dos povos oprimidos", Imran disse de repente.

Olhei para os sapatos dele marrons envernizados e não disse palavra.

Vi diante de mim o armário de plástico de roupas dele de frente para a cortina de contas. As camisas esvoaçantes pelo meio como bandeiras, com o fluxo de um vento violento, apesar de invisível, como se emanasse de dentro de mim. Eu ouvia o som das camisas e era transportada para o mar. Para o agito das velas em viagens infinitas, para as embarcações perdidas, hasteando a bandeira de cólera ao amor, para os nômades do mar, aos cantos dos marinheiros, baleias da ilha de Sindbad, e o brilho de estranhas estrelas remotas. Reboquei minha alma, que vagava entre os botões da camisa de Imran no guarda-roupa dele, para no seu caminho se colar à alma de Kuhl e se perder nela também.

Kuhl era uma explosão de ternura da qual Imran parecia querer se proteger. Me ocorreu que ele tinha o cuidado de manter certa distância das pessoas. Não era arrogância, era medo. Aonde quer que chegasse, espalhava-se em torno dele uma aura silenciosa e cheia de mistério. Kuhl estava sempre quebrando a aura e fazia esses braços petrificados — que ainda exibiam os sinais de ferro ao protegerem-se da raiva do pai — se estenderem em volta dela. Entretanto, o caminho dela para os braços dele, marcados com selos da maldade, era uma paixão, que, mesmo passado um tempo, quase um ano após o casamento secreto, havia ondas de desconfiança da ternura, ou medo dele, que o mantinha longe dela.

Ele não era desatento com as pessoas. Na verdade, prestava muito mais atenção a elas do que imaginavam. As pessoas achavam que Imran não ligava para nada e não se importava com nada que não fossem os estudos. Mas era absorvido por sua curiosidade pelas pessoas. Uma curiosidade taciturna e camuflada. Uma curiosidade que já tinha me envolvido.

Era esperto, mas não impostor. Kuhl percebera a honestidade dele como eu vira também. Estava apenas amarrado à camisa de uma infância assustadora. O amor da mãe humilhada não o salvou da indignidade, mas aumentou-a profundamente.

No vilarejo em que morava, tudo era feito de barro: casas, estábulos, cercas dos campos, escolas primárias, até os animais emaciados eram cobertos de barro. A única construção de pedra era o templo do imam, de cujo porão secreto sairia o

Mahdi esperado, que encheria a terra com sua justiça depois de ser inundada pela tirania. Ninguém conhecia exatamente o lugar do porão no santuário, no entanto Imran se esgueirava até lá todas as noites. Levantava os tapetes puídos e examinava o chão de pedra, colocando seu ouvido em cada metro. Dava murrinhos nas paredes, mas o segredo do porão nunca se revelou a ele.

Na Laylat Al-Qadr, saiu de entre as rachaduras do chão uma luz, e ele ouviu um choro que causava piedade. Estendeu suas mãos no escuro, as mãos de um menino queimadas pelos espetos de ferro do pai, tentou mover as pedras de um lado para o outro, até folgá-las, puxou-as e o porão se abriu. Imran escorregou dentro dele com facilidade, como um pássaro pousando. O porão tinha lajotas de prata. Ele viu o imam pesado em uma balança gigante, e o equivalente ao peso dele em ouro. Vestia uma túnica branca bordada com fios de ouro. Tinha sobre a cabeça um capuz enfeitado com ágata. Imran parou em frente a ele e o imam lhe estendeu a mão, adornada com anéis de diamantes e safiras, e passou sobre as cicatrizes das queimaduras com ferro quente e da pele de seu corpo ferida com chicotadas. Ordenou-lhe que o seguisse para que colhessem as lágrimas do menino numa vasilha de prata decorada na borda. O imam mergulhou sua mão dentro dela. Cada gota de lágrima transformou-se em pérolas, que enchiam os bolsos de Imran. O seu caminho se iluminou com tochas e ele saiu. A porta do porão nunca mais se abriu.

O noivo

Depois que minha avó enterrou sua amiga e vizinha, a velha Cheykha, começou a passar as tardes sentada num banco da nossa casa observando a porta de ferro trancada dela. Minha vó tinha as chaves, talvez o filho que Cheykha perdeu para as jinns do Ocidente volte um dia e abra a porta da casa de sua mãe, que enlouqueceu e morreu esperando por ele.

Num certo dia nublado, passou por ela um velho decrépito, envergado, a barba de um branco leitoso. Ao vê-la, bateu com sua bengala na porta de ferro e disse: "Gharib! Estrangeiro! Estrangeiro com sede". Minha vó fez sinal para que se sentasse e lhe ofereceu um copo de água, um prato de tâmaras e um bule de café. Ele se acomodou no banco da casa da velha Cheykha, comeu e bebeu. Contou para minha vó como se perdeu de seu caminho. Estava voltando do hospital, mas o motorista de aluguel o desembarcou neste vilarejo em vez de desembarcá-lo no vilarejo dele. Não percebeu na hora. Estava tentando encontrar o caminho de casa, até que se deu conta de que estava perdido.

Minha vó contou para ele sobre nossa vizinha que morrera e com ela a esperança do retorno do filho imigrante. Sobre as árvores que plantou e que frutificaram. Sobre as maravilhas da Narinja que não dava frutos até minha vó acariciá-la com as próprias mãos. Sobre seu filho, Mansour, sua esposa do Sur e seus filhos. Sobre a primeira casa deles na praia de Sur e depois sobre a mudança para o vilarejo novamente quando a mulher ficara enjoada do cheiro do mar durante a segunda gravidez — que vingara. Contou também como Sufiyan não gostava de leite quando pequeno, mas adorava chocolate e ainda não tinha nem nascido todos os dentes. Contou sobre a viagem de Mansour com os filhos aos Emirados e dos presentinhos — de vidros de perfume e cremes de cabelo até pentes, que as meninas sempre deram para ela, e mesmo os tecidos e mantas dados pela esposa. Contou também que Mansour comprara os presentes e distribuíra entre a esposa e os filhos para darem para ela. Lembrou-se de mencionar até a única vez que viajara com eles para os Emirados e, porque não havia gostado da experiência, decidiu ficar em casa todos os verões, quando visitavam o país vizinho. Contou também sobre as últimas novidades do vilarejo.

Já de noitinha, o homem se levantou depois de ela ter pedido para um dos vizinhos dar a ele uma carona até seu vilarejo. Ele perguntou à minha vó, prestes a entrar no carro, o nome dela e de sua família. Quando lhe disse seu nome, ele riu até minha vó ver com clareza as gengivas sem dentes e, antes que se zangasse com seu riso, ele lhe disse:
"Você? Você é Bint Aamir? Filha do treinador de cavalos? Eu pedi sua mão, faz cinquenta anos, e seu pai recusou".

O homem não parou de rir, o carro partiu com ele e minha vó ficou ali parada vendo o carro desaparecer no horizonte.

Nessa noite, minha vó deixou transparecer os sinais da velhice. No pouco dos anos que lhe restavam, toda sua corpulência começou a se desmoronar, até que já não podia mais andar e a civilidade que ela mantinha com tanta estima passou por sua vida.

O triângulo

Imran viajou para seu vilarejo sem nome no interior do Paquistão e Kuhl perdeu o equilíbrio.

Queria lhe escrever os bilhetes de amor de que falavam os cantores. Queria que ele soubesse, lá em seu isolamento e angústia por uma vida de privação e desejos, que sua alma vibrava por ele. Que ela não podia mudar as linhas de sua história, mas seus dedos alcançavam tocar seus cabelos e acariciá-los.

Queria contar-lhe o quanto sentia saudades dele. Como arde, arde de verdade, a fisgada no ponto mais profundo do seu coração te assalta, mas você não sabe como superar isso.

Kuhl me contou sobre a saudade que arde e eu pensei em você, pensei nos seus olhos, Imran. Nos seus cabelos encontrando seu pescoço, e me imagino acariciando-os. Sonho que você, neste momento, sente meus dedos por entre as mechinhas. Você estende os meus cabelos sobre a cama branca e fica observando. Eu imagino que meus cabelos se movem como em balanços giratórios nos parques. Eu estou louca com você e por você. Eu sou Kuhl e quero lhe dar o leite do meu seio para que você seja meu filho. Eu lhe daria o mel da minha feminilidade para que você fosse meu homem, e você acariciaria as minhas costas, para que fosse meu pai.

Imran viajou, cheio de sensibilidade e dureza. Exibindo o mais alto grau de indiferença para com o humano, ocultando o mais ardente interesse. Viajou quando a morte fechou os olhos de seu pai — olhos que refletiam a censura insistente para com Imran: culpado quando fazia; culpado pelo que fazia; culpado se não fizesse nada em absoluto.

Sua presença era sempre ameaçadoramente perigosa.

Quando esse pai morreu, cessou com ele o perigo. Imran se graduou e viajou depressa para seu vilarejo para ser o homem da casa.

Kuhl esperava.

Na imaginação, havia uma distância estreita entre a vida dos dois. Eles se amavam e se desejavam enquanto um casal, por isso se casaram. Eu permanecia no topo do triângulo, fiz para mim uma vida imaginária. Eu amava os dois, desejava a união deles, deseja a nossa união. Dei-me por satisfeita por só imaginar. A imaginação nutria a força do meu desejo enquanto a realidade se estilhaçava.

Estamos Kuhl e eu na cafeteria Três Macacos. Eu queria dizer. Mas temos apenas o silêncio. Queria perguntar sobre o cantinho da boca de Imran, sobre o medo que tem das pessoas. Sobre sua partida sem volta. Queria que Kuhl, tão triste, gritasse pelo nome dele. Queria gritar com ela: "Imran! Imran!". Queria falar sobre o tecido da calça dele cujo fio não tramava com o tecido da saia dela, por isso o passo deles se fendeu. Quisera não tivesse se fendido. Quisera a graça fosse derramada do céu misericordioso e me permitisse lavar o coração dos dois a cada alvorecer.

Mas restou-nos apenas o silêncio. E o silêncio assim como a palavra é impiedoso.

No começo, minha alma vagou por sobre sua face; no final, por entre as paredes da cafeteria Três Macacos.

Depois hesitou diante de sua sacada, rolou sobre seu travesseiro. Bebeu no seu copo e se enterrou nos seus livros. Abraçou sua esposa. O corpo abandonado, ya Imran, o corpo de Kuhl, cujos passos nunca se firmaram, cujo olhar e cuja alma mendicante jamais retornou.

Ah, minha amiga, quero dizer, ah, minha solitude, não toque minha alma mendicante, que gravita por sua cafeteria. Ela é só um fantasma triste. Ah, meu amigo, quero dizer, meu amor. Quero dizer, meu marido.

Lençóis

Quando minha vó me contou a história do leão que oferecia suas costas obedientemente para a lenha do homem cuja esposa era má, ela me disse: "Se Deus testa seu servo em algo, lhe recompensa por outro lado". Quando eu cresci mais e ela já não trançava mais meus cabelos, nem tinha forças para caminhar, nem seu olho são distinguia qualquer coisa a não ser vultos, ela contou para mim e para Sumayya uma outra história. Sobre o pai dela. Isso aconteceu no ano em que Said Ben Taymur governava Mascate. A casa dos Hammuda em Jaalan enviou ao pai dela uma mensagem secreta induzindo-o a participar com ele do separatismo e proclamar a independência. Desejavam suas habilidades de adestrador de cavalos e coragem ímpar. Ele, por sua vez, desejava o dinheiro de que dispunha a casa Saaoud. O irmão do pai de Bint Aamir se irou porque a casa Hammuda havia violado a doutrina, mas ele não lhe deu ouvidos. A mãe dele, Charifa, cuja alcunha era Charifa Aziza — referência à aizz, a nobreza de sua família —, se afastou dele, e ele não se importou. Entrou numa guerra perdida contra o sultão e os ingleses. Retornou com um ferimento no ombro por estilhaços e com a morte de Dahim, a branca, sua égua favorita. Perdeu todo seu dinheiro, usado para comprar armamento, e, envergonhado, deixou de participar das reuniões de homens. Passou a chutar as paredes de casa com ódio e esbofetear qualquer um que cruzasse seu caminho. No dia em que considerou vender os outros cavalos para alimentar seus filhos, sua esposa lhe disse que seu filho já era grande o bastante para sustentar a si mesmo e à irmã feia.

Eu não me interessei pela história, estava na época das provas e queria conseguir uma bolsa de estudos na Europa. Sumayya não estava interessada porque o moço bonito que acabara de se graduar na Austrália pediu sua mão em casamento e ela só desejava ser feliz. Saímos do quarto de minha vó em silêncio e ela não disse: "Não me deixem!" "Mah precisa tomar banho?", minha mãe perguntou. Assentimos com a cabeça e minha mãe gritou pela empregada.

Nunca mais minha vó contou outra história.

Os pássaros vieram aos bandos no meu sonho e me despertaram. Senti o toque do tecido macio da roupa da minha vó na minha face e me lembrei de que não lhe disse adeus antes de partir. Levantei-me da minha cama para ir ao telefone. Como me esqueci de dizer adeus a ela? No meio do caminho entre levantar da minha cama e o telefone, lembrei de repente que ela tinha morrido. E me lembrei dos lençóis.

Os lençóis foram reunidos com pressa. Verde, marrom, creme, listrado, estampado, liso, novo, velho, com tassel, com uma costura malfeita na barra. Cada um deles foi erguido, juntos, separados, pelas mãos das mulheres que formavam um quadrado com lençóis que esvoaçavam em volta do carrinho fúnebre. As pontas dos lençóis foram amarradas umas nas outras e as mãos das mulheres seguravam firmes no nó, mas alguma coisa não estava certa. O que deveria permanecer sob o quadrado escondido pelos lençóis não estava escondido em absoluto. O tecido pesado com tassels e cheiro de mofo velho não era para ser aberto senão o suficiente para que uma das lavadeiras de corpos trouxesse mais um balde d'água, ou para que a cabeça da perfumista se esticasse perguntando sobre o lugar do oud, ou pedindo mais cânfora, mas era aberto a cada sopro de vento. As olhadelas curiosas de algumas das mulheres que seguravam os lençóis, que baixavam mais ou menos com o levantar do lençol para bisbilhotar o corpo nu da morta. Se o morto não fosse uma criança com o rosto destruído num acidente de carro, ou um doente cujo corpo trazia sinais de um corte cirúrgico, não havia muito o que observar ou falar a respeito depois. Fosse aos burburinhos nas reuniões de mulheres ou abertamente nas reuniões íntimas de família, quando o corpo do morto já não estava mais presente.

As lavadeiras e perfumistas anunciaram o fim de seu trabalho. As mulheres que suspendiam o lençol descansaram seus braços. Nenhuma delas se rendeu ao peso sobre suas costas ou soltou suas mãos, juntaram os lençóis empilhados e os levaram.

Assim, minha vó entrou nessa temporalidade, sem brisa, sem luz, sem fim. Uma temporalidade em que qualquer vida parece curta, até mesmo a vida da minha vó.

O cavaleiro

Ela era a menina das vinte tranças untadas com mirtilo, das maçãs do rosto enrubescidas com açafrão e olhos estrelados que tinha uma casa. A casa ficava no meio de um campo pequeno, atrás ficava o estábulo dos cavalos e seu pai era um cavaleiro. Ela tinha uma mãe amável e um irmão gentil. Ela tinha um nome.

A mãe ainda não havia adormecido, nem o pai se casado de novo. A tragédia da fome não havia chegado às bocas da região, nem o pai havia perdido todos os seus cavalos. A saca de arroz ainda não custava cem qirches. Não perdera seu olho ainda nem ouvira seu pai sussurrar: "Eu nunca vou casar essa menina, pra ser humilhada pela família do noivo por causa do olho cego".

Era uma menina brincalhona, suas vinte tranças voavam no ar, seu pai a carregava atrás dele em seu cavalo favorito, Dahim, o branco. Seu irmão preparava a sela para ela sobre a burra cinza dele, e a puxava à frente, subindo as colinas pequenas. A menina ria até molhar as faces e o açafrão escorrer, desenhando duas linhas que chegavam ao seu pescoço.

As meninas da vizinhança se juntavam para receber suas ordens: uma deveria desbastar e polir um pedacinho de madeira com uma faca, a outra pegar uns trapinhos de pano encontrados no cesto de costura de sua mãe. Outra deveria juntar as ovas de peixinhos da falaj enquanto a outra desfiava um pouco de lã. Quando elas reuniam as preciosidades todas diante dela, ela começava a oficina de trabalho, que não terminava até que as bonecas de madeira estivessem prontas, suas roupas de cores misturadas, brincos brancos de ovas de peixe, cabelos de lã e olhos de kohl.

As amigas dela cantavam para as bonecas e as bonecas cantavam para elas. Elas dançavam e as bonecas dançavam em volta delas. Enrolavam as dichdachas na saruel e montavam no tronco das tamareiras caído, que se transformava num cavalo e começava a corrida. Ela era a mais rápida. Voava pelo ar e as meninas cantavam para ela:

> *Bunniya ya bunniya,*
> *Menina menininha*
> *O seu pai é cavaleiro*
> *Corre no cavalo branco*
> *É herói do povo inteiro*

Voltava para casa cansada e suja. Sua mãe lhe dava banho na falaj e a vestia com um colar de flores. O pai chegava e ela suspirava de alegria. Ele acariciava a cabeça dela e ela dizia: "Você tá cheirando mal". Ele ria desconcertado e dizia: "Perfume é coisa de mulher, os homens cheiram a suor de cavalo e pólvora".

Ele tinha os cabelos longos e nunca os lavava, tinha uma barba rala. Ela sonhava com o dia em que ele a deixasse tocar os cabelos dele, então ela faria como fazia com a lã de suas bonecas, mas ela tinha um pouco de medo dele. Na mais remota das situações, ele aceitava acariciar a cabeça dela e sorrir aquele sorriso severo.

As mulheres compunham cantigas sobre sua coragem e beleza. Ela decorava algumas delas secretamente, por causa do ciúme da mãe. Quando voava sobre o tronco da tamareira ou sobre o balanço da fibra de palmeira no campo, ela repetia no seu íntimo:

De tardezinha vi chegando
Na égua branca o cavaleiro
Deus proteja o nobre Aamir
De Charifa o filho herdeiro

Este livro foi composto em Fairfield LT Std no papel Pólen Natural para a Editora Moinhos enquanto *Song with No Words (Tree with No Leaves)* de David Crosby tocava em uma terça-feira perdida no tempo.

*

O Brasil ardia em chamas.